1818

FRANKENSTEIN OR THE MODERN PROMETHEUS

科學怪人

Mary Shelley 瑪麗・雪萊

周沛郁——譯

推薦序

科幻之母的悠遠幻想

蘇逸平

為《科學怪人》這部作品寫序，始終是件極富趣味的事。不管是作品本身、故事中的人物，亦或是寫出這部作品的作者，都有著令人著迷的特質。

在西方的文學史上，大家普遍認定而且接受的說法，是這部《科學怪人》有著一個了不起的地位：它是世界上第一部科幻小說，是所有包含浩瀚宇宙、萬千想像科幻作品的濫觴，一個偉大的起點。

其次，拜電影藝術之賜，科學怪人法蘭肯斯坦，也是一個廣為世人所知的符號形象，很多人都對這樣一個奇特長相的大個子印象深刻：馬桶蓋頭、眼眶深陷、頭上還有幾個機件及縫針痕跡……縱使在小說中法蘭肯斯坦並不是這個可怕大怪人的真名，而是他的創造者的名字。但是科學怪人／法蘭肯斯坦／長相恐怖又有點可愛的大高個兒，還是在世人的心目中留下鮮明的圖象，即使是在我們這個經歷了諸多時移事往的二十一世紀，知道科學怪人，甚至對他著迷的人們還是大有人在。

而寫出這部作品的瑪麗・雪萊也有她個人身分上的耐人尋味之處。這位常被稱為「科幻之母」的女士，是著名大詩人雪萊的妻子。在西方文學史上，拜倫和雪萊可說是巨星級的人物，大詩人的妻子不僅會寫小說，而且寫出來的還是「世界第一部科幻小說」，也可以算得上是佳話一樁。

和許多科幻小說相比，《科學怪人》當然沒能做到嚴謹科技背景的要求，它是一部完成於十九世紀的小說，受限於當時的科技水平，在現代人的眼光中，作者在科學知識的設定上顯得幼稚簡單。在那個對於電學、光學仍處於摸索階段的年代，瑪麗・雪萊塑造出一位學者法蘭肯斯坦，以物理、化學、電學的知識，跨越侵犯了神的權限，「將無生命物體注入生命」，創造出來一個身高八呎、醜陋無比，卻又有著智慧的大怪物，而整個故事便環繞著這位創造者和他創造出來的怪物長達數十年的愛恨情仇、追逐糾纏而發展，將人性的各種層面很寫實地呈現，而且還史無前例地描述了一個被人工創造出來的生命體，描述了他的心境、感歎，以及怨恨。

哥倫比亞大文豪馬奎斯曾經說過，「只要說出人的故事，就一定有人想聽。」就算是生硬冷冽的科幻故事，只要把「人」的部分說得好，故事一樣可以動人心弦。和瑪麗．雪萊的《科學怪人》類似的，還有另一位科幻大師凡爾納。凡爾納的科幻故事中，不管是穿越時光的旅程、月球的探險、潛入深海的故事，縱使在設定上有所訛誤，甚至看來幼稚可笑，但是在百年來科幻迷的心中，「凡爾納式的科幻」，仍然是最迷人的作品之一。而《科學怪人》也有這樣的特質，這一點從它在文化中仍然鮮明的位置就可以看得出來。

不管是有心或是無意，瑪麗．雪萊更在《科學怪人》中揭露了一個百年來讓人類糾葛其中，至今仍然無法跳脫出來的嚴肅議題：「當人類魯莽地揭開某個潘朵拉之盒的科技，因而產生的後遺症及反撲力道，我們是否承受得起？」當法蘭肯斯坦博士將生命注入了科學怪人的身體，博士一生的悲劇便因此而起，而且像是無間地獄一般地，沒有止歇的一天。但怪人自己就好過嗎？答案也是否定的，身為地球上唯一的人造族類，他注定無伴無侶，也無後代，一世孤寂。縱使他本無害人之心，但人人喊打、大家避他如瘟疫的處境也造就了他殘暴反撲的個性……

撇開「世界第一部科幻小說……」這些響亮的頭銜不談，做為一本純以閱讀樂趣為考量的小說，《科學怪人》也是一部很好看的作品。對於這個長相熟悉的馬桶蓋頭大個兒，也許你在卡通漫畫廣告裡見過他，也可能在重播的老電影裡看過他；但是在小說裡，他卻是一個立體而鮮明的形象，有血有肉，有愛有恨。在現代繽紛多彩聲光特效中看不見的科學怪人真面目，卻在一部近兩百年前問世的小說閱讀中活靈活現地呈現，這就是閱讀的魔力之一，是任何聲光科技無法取代的奇妙時空，也是《科學怪人》這部作品到了現在依然彌足珍貴的理由。

（本文作者為科幻小說作家）

科學怪人

信札一

寄自聖彼得堡，一七XX年十二月十一日

致英格蘭薩維爾夫人

妳一直認為我的探險計畫不吉利，若得知這項剛展開的探險計畫並未遭逢任何不幸，肯定會非常欣喜。我昨天到達此地，首要任務便是向我親愛的姊姊報平安，並且增加妳對我此行成功的信心。

此刻我已經在倫敦遙遠的北方，走在聖彼得堡的街道上，一陣寒冷的北風輕撫我的臉頰，讓我精神抖擻，滿心喜悅。妳了解這種感覺嗎？這陣微風來自我將前往的地區，讓我初嘗天寒地凍的滋味。這陣風帶來的承諾激勵了我，讓我的夢想變得更加熾熱而鮮明。我難以相信北極是霜雪覆蓋的孤寂之境；在我想像中，那裡是美麗喜樂之地。瑪格莉特啊，那裡的太陽永遠照耀，寬廣的日輪沿地平線巡行，散發永恆的光華。姊姊，請讓我稍加信任在我之前的探險家的說法——那裡不見霜雪；而航過平靜的大海時，我們可能漂到一片陸地，那裡的美景和驚奇超越任何已知之地。那裡的物產和景色或許前所未見，因為未知的荒野之中必有宛如仙境之地。永恆光明之境，還有什麼事不可能發生？我或許會在那裡發現吸引磁針的神奇力量，或許能整理出千筆天文觀測資料，而我只需走這一遭就能讓這些觀測結果貌似反常之處從此一致。見識到人類不曾涉足的世界，將滿足我強烈的好奇心，而我或許也會踏上人跡未至之地。這些可能性誘惑著我，足以克服我對所有危險、死亡的恐懼，促使我抱著雀躍的心情開始這段艱苦的旅程，而我的雀躍之情就如同孩子將和假日遊伴登上小船，展開家鄉河流上的探險之旅。即使這些臆測與事實不符，我也可能在北極附近發現新航道，迅速到達目前需耗費數月時程才能抵達的國家，或確認地磁的奧祕；妳無法否認這將為今後的全人類帶來無數的益處。唯有透過如我這般的探險計畫，人類才有可能一探地磁的奧祕。

思考這些事，平息了我動筆寫信時的焦躁，我感到自己的心散發著渴切的光芒，那股熱忱讓我飛入雲端；因為唯有堅定目標——一個能讓靈魂投注其智性目光的焦點——才能讓心靈寧靜。執行這趟探險正是我年輕時最熱中的夢想。我熱切讀過航經極地周圍海洋，到達北太平洋的一些旅程始末。妳應該記得我們親愛的湯瑪斯叔叔，他的藏書室裡盡是有關歷史上所有探索之旅的文獻。我雖然荒廢了學業，卻始終熱愛閱讀。兒時發現父親在臨終時曾禁止叔叔讓我投入航海生涯，我就一直覺得遺憾；而我日夜研讀這些書卷，熟悉內容之後，遺憾更深了。

然而，我頭一次細讀一些詩人的作品時，對航海的憧憬褪了色，而詩中吐露的情感令我心盪神馳，靈魂得到昇華。我差點當了詩人，整整一年的時間活在自己創造的天堂裡；我想像自己或許也能在尊崇詩人的聖殿裡和荷馬與莎士比亞齊名。妳很清楚後來我失敗了，並且心灰意冷。然而，我正是在那時繼承了堂兄的遺產，心思也終於重回先前繞開的途徑。

我決定投入目前的探險計畫，已有六年的時間。我至今還記得獻身這項偉大志業的那一刻。首先，我讓自己的身體習於勞苦。我隨捕鯨船航行北海數次；我自願忍受飢渴寒冷、睡眠不足；白天我時常比一般水手更勤奮，夜裡則專心研讀數學、醫理，以及對航海探險最有實質助益的自然哲學。我甚至兩度以二副的身分受雇於格陵蘭的一艘捕鯨船，受到船員愛戴。後來我的船長認為我表現出色，請我擔任船上次要的職位，真心誠意慰留我，我得承認我有些自豪。

親愛的瑪格莉特，現在我難道不配達成某種偉大的目標嗎？我大可以愜意揮霍，虛度此生，但比起財富放在我眼前的誘惑，我更嚮往榮耀。噢，真希望聽到能給我肯定回應的鼓勵話語！我的勇氣與決心堅毅不屈，但我信心搖擺不定，心情時常抑鬱。我即將踏上漫長艱辛的旅程，也需傾力以堅毅的心面對旅程中的一切危難——我不只需要提振其他人的士氣，在他們灰心喪志時，我還得激勵自己。

而目前是最適於在俄國旅行的時間。他們乘著雪橇飛躍雪上，行進暢快，而且我覺得遠比英格蘭的驛馬車舒適。只要全身裹在毛皮裡，寒意還不致無法忍受——我已經有了這樣的裝束，因為在甲板上走動，和動也不動坐著數小時有天壤之別，坐著不活動，便無法防止血液在血管裡凍結。而我可不希望在聖彼得堡和阿爾漢格斯科之間的驛道上丟了性命。

我將在兩、三週之內出發前往阿爾漢格斯科；我打算在那裡雇艘船，只要付保險金給船東就成了，然後再由習於捕鯨的人當中雇用足夠的船員。我打算待六月再出航；而我該何時返航呢？噢，親愛的姊姊，這個問題叫我如何回答？如果我成功了，妳我將會許多、許多個月，甚至數年不得見面。如果我失敗，妳或許很快就會見到我，或許永遠無緣相見。

親愛可敬的瑪格莉特，珍重再見。願妳浸沐於上天的恩澤，也願上天保佑，讓我能一再證明我多麼感謝妳的愛與仁慈。

妳摯愛的弟弟，羅伯特・華頓　敬上

信札二

寄自阿爾漢格斯科，一七XX年三月二十八日
致英格蘭薩維爾夫人

我被霜雪包圍，這裡的時間過得真緩慢！然而，我正朝我的志業踏出第二步。我已經雇了艘船，正在尋找水手；目前雇用的人看來值得信賴，而且顯然擁有大無畏的勇氣。

但我還有一項需求迄今還未滿足，少了這一項，我總覺得是最大的不幸。瑪格莉特，我沒有朋友——當我散發著成功的熱情時，不會有人分享我的喜悅；當我意志消沉時，也不會有人設法支持我。我的確應該寫下我的思緒，但文字不足以完美地傳達感受。我希望有個同伴和我有共鳴，雙眼能回應我的目光。親愛的姊姊，妳可能覺得我太過浪漫，但我極度渴望得到朋友。我身邊沒有這麼一個溫柔而勇敢的人，既有涵養又包容，素養與我相當，能支持我的計畫或提出建言。這樣的一個朋友能彌補妳可憐弟弟的多少缺失！我太熱中於執行計畫，遇到困難卻太沒耐性。但我自學而成，竟是更大的不幸——我人生的前十四年都在一片公有地上過著無人管束的生活，只閱讀我們湯瑪斯叔叔的航海書籍。我在那年紀認識了我國著名的詩人，但我卻要等到明白自己無力從那些詩文中攫取最重要的益處之時，才意識到有必要精通母語之外的語言。我現年二十八歲，學識卻比許多十五歲的學生淺薄。我的確想得多，我的白日夢也更遠大宏偉，不過按畫家的說法，這些念頭都不夠協調，而我實在需要有個朋友，不但要夠有見識，不會譏笑我太過浪漫，而且對我夠熱情，讓我願意努力調整想法。

好吧，這都是無意義的抱怨；我在遼闊的海洋上想必找不到朋友，甚至在阿爾漢格斯科這裡的商人與水手中也找不到。但即使在這些粗俗的朋友中，也存在一些無關人類天性糟粕的特質。比方說，我的大副便擁有令人欽佩的勇氣與企圖心；他一心渴望榮耀，說明確一點，他其實一心渴望事業高升。他是英國人，他雖受過教育卻仍對國籍與職業持有成見，但他仍擁有一些最崇高的人性稟賦。我最初在一艘捕鯨船上與他相識；我發現他在這座城裡還沒找到雇主，於是不費吹灰之力便請到他來協助我的志業。

而船主性情極好，在船上態度和善、懲戒溫和，著實令人欽佩。再加上他以正直著稱，毫無畏懼，所以我非常希望延攬到他。我雖然孤單地度過青春歲月，但在妳溫柔慈愛的呵護下，那段歲月卻也是我最幸福的時光，而我的性格也是在那時打下了基礎。也因此我一向輕視船上常見的殘暴行為——我從不相信有這個必要，而我聽說有海員既有仁慈的心，又得他屬下敬重服從，我就覺得能雇到他真是三生有幸。我最初是由一位夫人口中聽到他的浪漫事蹟，而這位夫人的幸福正是他一手促成。他的故事簡單說是這樣的。

幾年前，他愛上一個家境小康的俄國姑娘，他存了一筆不小的獎金[1]，女孩的父親也同意他們的婚事。婚禮前，他見了未婚妻一面；沒想到她哭成淚人兒，撲到他腳旁求他饒了她，她承認她愛的是別人，但對方很窮，她父親絕不可能同意他們成婚。我寬大的朋友安慰了女子，得知她愛人的名字之後，立刻停止追求她。他已經用自己的錢買了座農場，原打算在農場度過餘生；但他卻將這一切都贈與情敵，還用剩餘的獎金讓他們添購牲畜，自己則請求女子的父親同意她與她愛人的親事。但老人家堅決反對，認為自己不該對我朋友不義，我朋友發現說不動老人家，於是離開祖國，直到聽到從前的情人如願結婚才回去。妳想必會驚歎：「真是高尚的情操！」他的確如此；話說回來，他卻從未受過教育。他就像土耳其人一樣沉默寡言，並且散發著一種無知無憂的氣質，如此雖然讓他的作為更令人驚歎，卻有損他本該得到的關注與同情。

別因為我稍有怨言，或從原本無從體驗的艱辛工作得到慰藉，就覺得我動搖了決心。我的決心如命運一般堅定不移，而我的旅程只是延遲，直到天氣允許登船就將展開。這個冬天異常嚴酷，但春天前景可期，而且今年應該來得特別早，因此或許能提早出航。我不會有任何輕率之舉；妳很了解我，應該知道別人的安危掌握在我手中，我會格外謹慎細心。

我難以用筆墨形容我對即將到來的探險旅程有什麼感受。我無法告訴妳，我準備出發時懷抱著既喜悅又恐懼的戰慄是什麼感覺。我將前往人類不曾探索的地區，去「霧與雪之地」，但我不會殺死信天翁；因此毋需擔心我的安危，

1. 海軍軍官作戰俘虜敵船，依位階行賞得到的獎金。
2. 此段引用典出英國浪漫時期詩人柯律治（Samuel Taylor Coleridge）的長篇詩作《古水手之歌》（*The Rime of Ancient Mariner*）。詩中的水手殺死前來引航的信天翁，讓全船受到詛咒。

也毋需擔心我回到你們身邊時，像「古水手」2一樣悲慘憔悴。這麼說或許會讓妳莞爾，但容我透露一個祕密。我常認為自己對於大海危險奧祕的迷戀和激昂的熱情，起於想像力豐富的現代詩人之作。我的靈魂中有某種我不了解的因子在運作。我其實勤奮度日——盡心盡力，既堅毅又辛勞——除此之外，還有對奇妙事物的愛與信念，這愛與信念和我所有的目標結合，督促我離開一般人選擇的道路，甚至來到桀驁不馴的海洋與我將探索的從無人跡之境。

不過容我回到更重要的問題。我橫越遼闊的大海，繞過非洲或美洲最南端的海岬回去之後，會再與妳相見吧？我不敢期待如此成功，但也不敢思考相反的情況。現階段請妳一有機會就寫信給我，如此我或許就能在最需要妳隻字片語的激勵時收到妳的信。我深愛著妳。如果再也沒聽到我的消息，請懷著親愛的心記得我。

妳摯愛的弟弟，羅伯特·華頓　敬上

信札三

一七XX年七月七日
致英格蘭薩維爾夫人

親愛的姊姊：

我匆促寫下幾行向妳報平安——我的旅程進展順利。這封信將由阿爾漢格斯科返鄉的商人帶回英國；他比我幸運，我恐怕多年無法再回到故土。但我很樂觀；我的手下英勇膽大，顯然意志堅定，即使不斷有浮冰漂過，顯示我們將前往的區域危險重重，他們依然不曾動搖。我們已經到達緯度很高的地方；時值盛夏，雖然不如英國溫暖，但強勁的南風將我們吹向我渴望到達的岸邊，同時意外吹來一絲令人振奮的暖意。

目前我們還沒遇到值得在信上一提的事。老練的航海家很少記得記錄一、兩陣狂風和漏水事件之類的事故。航程中沒發生更糟的事，我應當心滿意足。

再會了，親愛的瑪格莉特。請相信我為了自己，也為了妳，不會魯莽地冒險。我會頭腦冷靜，堅忍不拔，謹慎行事。

但我所做的努力應該能讓我大獲成功。我有什麼理由不能成功？目前為止，我在人跡罕至的海上循安全途徑前進，頭上的星辰將見證我的勝利。為何不繼續橫越桀驁不馴卻又順從的大自然？有什麼能阻止人類毅然的心和堅定的意志？

激昂的心讓我忍不住想向妳傾訴，但我得停筆了。願上天保佑我親愛的姊姊！

羅伯特・華頓　筆

信札四

一七XX年年八月五日

致英格蘭薩維爾夫人

我忍不住提筆記下我們遇見的奇事，但妳或許會在我們重逢之後才接到信。

上個星期一（七月三十一日）我們差點被浮冰包圍，浮冰從船的四面八方迫近，讓船幾乎沒有空間航行。處境有點危險，尤其我們還籠罩在濃霧中。我們因此停船，期待霧氣和天候改善。

約莫兩點時，霧氣散去，我們放眼一看，發現四面八方都是廣闊而不規則的冰原，看似無邊無際。我有些同伴懊惱地呻吟，而我則焦慮地提高戒備，這時一個奇異的景象突然吸引了我們的注意，讓我們暫時忘了擔憂當時的處境。我們發現大約半哩外，有一座低矮的車廂固定在雪橇上，由狗拉著往北駛去；坐在雪橇上駕馭犬隻的雖是人類的身形，但身材顯然異常高大。我們以望遠鏡看著旅人迅速前進，直到他消失在遠方高低起伏的冰原上。

這一幕令我們大惑不解。我們相信我們仍距離陸地數百哩之遙，但這幻影般的過客似乎意味著陸地其實不如我們想像遙遠。我們仔細注意他的行蹤，卻被冰塊阻擋，無法繼續追蹤。

事情發生後大約兩小時，我們聽到巨濤的響聲，入夜前冰破了，我們的船重獲自由。但我們擔心在黑暗中航行會撞上大量鬆脫漂散的大塊浮冰，因此延至早上才開船。我利用時間，休息了幾個小時。

早晨天一亮，我爬上甲板，卻發現所有水手都在船的一側忙碌，顯然正在和海上的人說話。原來有一架和之前那架近似的雪橇停在一大塊浮冰上，在夜裡漂向我們。狗群中只有一隻狗倖存；不過雪橇裡有個人，水手正在說服他上船。之前那個旅人貌似未知島嶼上的野蠻居民，這人卻不同，是個歐洲人。我來到甲板時，船主說：「這位是我們的船長，他不會任你在大海上送命。」

陌生人看到我，便以英文與我交談，但他的英文帶了點外國口音。他說：「我上船之前，可以請問你們的目的地是何處嗎？」

我以為他身陷險境，應該會願意以世上最珍貴的財富換取登船的機會，妳能想像我聽見他這麼問，有多麼錯愕。而我回答他，我們這趟旅程的目的是尋找北極。

聽我這麼說，他似乎滿意了，這才答應上船。老天啊！瑪格莉特，如果妳看到這個明明身處險境卻還討價還價的男人，應該會無比訝異。他的四肢幾乎凍僵，身體因疲憊與苦難而極為憔悴。我從沒看過這麼淒慘的男人。我們打算將他抬進船艙，但他一離開清新的空氣就昏了過去。我們只好將他帶回甲板，以白蘭地揉搓他的身子，灌他喝下些許，恢復活力。他一有生命跡象，我們就用毯子裹住他，將他安頓在伙房爐子的煙囪附近。他漸次恢復，喝了一點湯，狀況改善不少。

如此過了兩天，他才有辦法說話，我時常擔心他受的折磨有損他的心智。他恢復一些之後，我將他移至我的艙房，在我職務允許的程度下盡可能照顧他。我沒見過比他更為奇特之人——他的眼神時常帶著混亂，甚至瘋狂，但偶爾有人對他做出善意之舉，或只幫了他微不足道的忙，他整個表情便愉快起來，散發一股我從未見過的善良與親切。然而，他大多陷於憂愁沮喪的情緒，有時咬牙切齒，似乎無法承受懊惱的煎熬。

我的客人稍稍恢復以後，我疲於阻擋眾人，他們有無數的問題想問他；但我可不能任他們為滿足無意義的好奇心而折磨他，他的身心若要復原，顯然需要徹底的休息。不過，大副有一次問起他為什麼駕著這麼奇怪的交通工具，在冰上跑這麼遠。

他瞬間露出陰鬱的表情，答道：「我在找逃離我的傢伙。」

「你在追的人，也以同樣的方式旅行嗎？」

「對。」

「那我想我們應該見過他，救起你的前一天，我們看到一些狗拉著一架雪橇越過冰原，雪橇上有個男人。」

這話引起陌生人注意，他問了好幾個問題，想知道他口中的那個惡魔走的路徑。一會兒後，我和他獨處時，他說：「我顯然引起你還有那些好心人的好奇；但你太體貼，沒多問。」

「的確；若因為我的好奇而讓你煩擾，不但無禮而且缺乏人性。」

「但你在我身陷奇特的險境時拯救了我；你善良地救了我一命。」

沒多久，他又問我是否認為破冰摧毀了另一架雪橇。我回答我不能肯定，因為破冰時將近午夜，當時那個旅人可能已到達安全的地方；但我無從判斷。

從這時候起，陌生人萎靡的身軀似乎又重現生機。他一心想待在甲板上尋找曾經出現的雪橇，但我說服他待在艙房裡；他太虛弱，無法承受嚴酷的環境。我向他保證有人替他注意，只要有任何風吹草動，會立刻通知他。

以上就是這樁奇妙的事件目前為止的情況。陌生人逐漸恢復健康，但他沉默寡言，只要我之外的人進入他的艙房，他便顯得不安。但他的脾氣溫和，太討人喜歡，因此水手們雖然和他的交流很有限，卻都對他充滿好奇。至於我，我開始對他產生了兄弟之情，而他深沉不變的憂傷讓我同情又憐憫。他現在淒慘落魄卻仍和善而迷人，想必從前是位高尚的人物。

親愛的瑪格莉特，我在先前的信中寫過，我在遼闊的海洋上想必交不到朋友，但我卻遇到了一位我應該很樂意真心將他視為兄弟的人，我很慶幸能在他的意志被苦難擊垮之前遇到了他。

如果旅程中再發生與陌生人有關的任何事件，我會繼續記錄。

一七XX年八月十三日

我對我客人的好感與日俱增。他很快就讓我感到由衷敬佩又同情。我看著陷於悲慘的高貴男子，怎能不痛心？他如此溫文儒雅，又如此睿智；他極有涵養，說起話雖然字字斟酌，卻能滔滔不絕。

他的身體恢復不少，現在時常待在甲板上，顯然在找早他一步駛過冰原的雪橇。他雖然憂慮，但並未完全沉浸於自己的悲慘中；他對其他人的工作深感興趣。他時常和我聊起我的計畫，我毫無隱瞞地告訴了他。為了確保我最後能夠成功，他熱切地和我討論我所提出的一切論據，以及我為了成功所採取的措施的任何微小細節。他所展現出的同情，讓我得以用內心的語言，吐露發自我靈魂炙烈的熱情，並且以溫暖我心的一切熱情說，我樂意犧牲財富、我的生命和所有的希望，只願達成我的志業。為了獲得我所追尋的知識，為了獲得並傳承人類對大自然敵人的支配權，付出個人生死不過是極小的代價。我說話時，聽眾的臉上籠罩了陰霾。起初我發覺他企圖壓抑自己的情緒；他雙手捂著眼，我看到淚水從他手指間汩汩流下，漸漸啞然失聲；他胸口起伏，吐出一陣呻吟。我沉默了；最後他終於斷斷續續地說道：「憂鬱的人啊！你和我一樣瘋狂嗎？你也喝下了那些醉人的酒嗎？聽著，等我說出我的故事，你會趕緊拿開脣邊的酒杯！」

不難想像這樣的言詞讓我深感好奇，而瞬間爆發的哀傷使得本就虛弱的陌生人更形疲弱，需要數小時的休息和平靜的對話，才能讓他恢復平靜。

強烈的情緒終於平復之後，他似乎厭惡自己受情感左右；他壓抑了陰鬱強烈的絕望，再次讓我談起我個人的事。他問起我早年的經歷。往事很快就說完，但喚醒了種種思緒，我談起我想尋求朋友的渴望，談起我渴望和遇見的人產生更真切的共鳴；我確信若不能享有這種恩賜，便不能自稱幸福。「我贊同你說的，」陌生人答道，「我們都是不完美的生物，需要比我們更有智慧、優越而親愛的人，而朋友正該是這樣；如果少了這樣的人幫我們克服弱點和不完美的天性，我們便無法完整。我曾有個朋友，堪稱世上最高貴的人，因此我有立場評論這樣的友誼。你擁有希望，而且前途無量，你沒有理由絕望。但我——我已經失去了一切，無法從頭來過。」

他說著，表情轉為平靜而深切的悲傷，深深觸動了我。但他沉默不語，不久便返回了艙房。

他雖然憂鬱喪志，卻比任何人都能感受大自然之美。星空、大海，以及這美妙的地方呈現的所有景象，似乎都能提升他的靈魂。他似乎擁有雙重的存在——雖然經歷苦難，心灰意冷，但沉浸在自己的世界時卻像天使一樣，頭上有圈光環，在那光環之內沒有任何悲傷或愚念。

妳會笑我對這位崇高的流浪者這麼著迷嗎？如果妳看到他，就不會笑我了。書本與避世離俗的生活豐富了妳的學識涵養，妳對人也因而較為挑剔；但這應當只會讓妳更能欣賞這個不可思議的男人的非凡優點。有時我設法了解他擁有什麼特質，為什麼和我認識的其他人比起來如此出眾。我相信那是因為他擁有某種直覺的洞察力，明快準確的判斷力，能洞察事情的原由，而且精準透澈得過人；除此之外，他擅於表達，抑揚頓挫的聲音就如同安撫人心的樂音。

一七XX年八月十九日

昨天陌生人對我說：「華頓船長，你應該不難猜到，我經歷過世間罕有的重大不幸。我曾經決定那些不祥的記憶應該隨我而去，但你讓我改變了主意。你和我從前一樣，渴望知識與智慧，而我衷心希望你我際遇不同，願望實現之後不會成為反噬你的蛇。我不知道談起我的悲劇對你是否有助益，但你追求和我相同的目標，面臨令我淪落至此的危險，我想你或許能由我的故事中得到恰當的教訓，在你的志業成功時帶給你指引，失敗時給你安慰。我要說的事，人們通常會感到不可思議，如果我們身處比較溫和的自然環境，我或許會擔心你無法置信，甚至斥為無稽之談；如果不曾見識善變的自然力量，許多事會被當成笑談，但在這蠻荒神祕之地，那些事會顯得可信；而我深信我的故事能藉著其本身一連串的證據，傳達故事中事件的真相。」

他願意談話，我受寵若驚；這應該不難想像。但我不忍讓他重述悲慘的遭遇，重溫悲傷。然而我迫切想聽到他承諾的故事，半是好奇，半是因為我若有能力，很希望能改善他的困境。於是我做出回應，說出了內心的感覺。

「感謝你同情。」他答道。「但同情毫無意義；我的命運已近乎完結。完成最後一件事，我就能安息。」他發現我想插嘴，繼續說道：「我了解你的感覺，但你錯了，朋友；我可以這樣稱呼你吧。什麼也無法改變我的命運；聽完我的過去，你便能了解我的命運完全無法扭轉。」

接著他便告訴我，隔天我有得空時，他將開始敘述他的故事。我聽了，向他表達最誠摯的謝意。我決定只要未因職務而無法分身，會每晚盡可能按他的話記下他當天的敘述。如果分身乏術，至少寫下簡要的筆記。這份手稿想必會給妳很大的樂趣；不過我認識他，而且聽他親口說出這個故事，因此未來某日重讀時，將感到何等的興味與共鳴！現在我開始記下他的話時，他富有磁性的聲音已經在我耳邊響起；他望著我的明亮雙眼中，懷著憂愁的親切；我看著他削瘦的手生動地比畫，內在的靈魂令他容光煥發。

他的故事想必詭譎而慘痛，就如同籠罩航路上雄偉船隻並將其擊沉的暴風雨般駭人——且聽他道來！

1

我是日內瓦人，我的家族是共和國的旺族。我的祖先世代為公使或行政官，家父也擔任過數次公職，贏得榮耀與美譽。他正直而勤政不倦，認識他的人因此對他頗為敬重。他年輕的歲月都忙於政事，並因種種原因而未早婚，直到中年才娶妻生子。

家父的婚姻狀況顯示了他的性格，因此我得談談他的婚姻。他有位密友是商人，原先富裕興旺，經歷諸多不幸而家財散盡。這位先生名叫博福特，他性情剛直自負，無法忍受在從前擁有地位與榮耀的國家中貧困潦倒。他清償債務之後，便以最有尊嚴的方式和他的女兒到了盧塞恩城，沒沒無名地過著清苦的日子。家父對博福特懷抱著最誠摯的友情，見他遭遇不幸而避世隱居，深感痛心。他朋友出於自負，做出有違於他們友情之舉，令他悲傷莫名。父親立刻著手尋找博福特，希望說服博福特藉著他的信譽和協助東山再起。

不過博福特銷聲匿跡得很成功，家父花了十個月，才找到他的住處。他住在羅伊斯河附近的一條陋街上，家父欣喜若狂，匆匆前去。但他進門後，迎接他的卻是悲慘與絕望。原來博福特破產後只留下一小筆錢，勉強能維持幾個月的生活，他希望未來能在商家找到稱頭的工作。然而這段期間，他卻未採取任何行動，並且因為有空沉思過去種種，而讓內心的悲傷更為深沉，最後更完全沉浸於悲慘之中，三個月後便病倒在床，無力行動。

他的女兒孝順體貼地照顧他，卻絕望地發現他們所餘不多的財產持續減少，沒其他辦法維持生計。不過凱洛琳．博福特擁有非凡的性情，遇到逆境而能心生勇氣。她找到簡單的工作；她編織麥桿，以種種方式設法得到微薄的報酬維生。

如此過了幾個月。她父親的狀況每況愈下；她花了更多的時間照顧他，能維生的工作更少了；第十個月，她父親死在她懷裡，而她淪為困苦的孤兒。最後這一擊打倒了她，家父進房時，她正跪在博福特的棺材邊悲泣。他像守護天使一般來到可憐的女孩面前，而她將自己交給他照顧；埋葬朋友後，他帶她來到日內瓦，託一位親戚照顧她。兩年之後，凱洛琳便成為他的妻子。

我雙親的年紀懸殊，但他們之間似乎因此產生忠誠愛慕的依戀，更加親密。家父性格正直，講求公義，因此更認同愛情應該炙烈。或許早先他苦於太晚才發現所愛非人，因此決心更努力嘗試。他對家母的愛戀帶著感激與崇拜，完全異於年齡差異造成的溺愛，因為他的愛是因崇敬她的美德而起，並渴望多少能彌補她經歷的悲傷。他面對她時因而有種無法言喻的溫柔，一切都可以為著她方便、順著她的意。他彷彿園丁保護著異國奇珍一般，努力庇護她不受一點寒風，讓能在她溫順善良的心中激起喜悅的事物圍繞在她身旁。過去的艱辛危及了家母的健康，甚至擾亂了她先前寧靜的心靈。他們婚前兩年，家父逐一辭去了公職；成婚後，他們立刻前往氣候宜人的義大利；環境的轉換，加上遊覽當地各處美景所得到的樂趣，使她虛弱的身子逐漸復原。

之後他們又從義大利前往德國和法國。我是他們的長子，生於那不勒斯，孩提時便隨他們四處遊歷。頭幾年，我是他們唯一的孩子。他們深深依戀著彼此，但他們投注於我身上的關愛，就有如取之不竭的礦藏。我最早的記憶是家母溫柔的輕撫，和家父注視我時慈愛喜悅的微笑。我讓他們逗著玩，是他們的寵兒，不只如此——我還是他們的孩子，上天賜與他們這個天真無助的小東西，讓他們培育為善良的人，而他未來的命運是福是禍，全繫於他們手中，端賴他們如何達成他們對我的義務。他們賦與這個孩子生命，於是抱著責任心，加上兩人素來性情溫柔，不難想像我孩提時雖然時時刻刻接受耐心、慈悲與自制的教誨，但引導我的卻像輕柔的絲線，一切似乎是一連串的喜樂。

有好一段時間，我是他們唯一的關照對象。家母雖然很想生個女兒，但我仍是他們唯一的孩子。我約莫五歲時，他們去義大利邊境外一遊，在科莫湖畔待了一週。他們生性慈悲，時常進入窮人家的農舍探視。對家母而言，這不只是責任；她還記得她吃過的苦，以及如何被解救，因此她懷著熱情與責任心，挺身向苦難中的人扮演守護天使的角色。一次他們散步時，山谷裡一間荒僻破屋引起他們的注意，屋外聚了一群衣不蔽體的孩子，他們顯然一貧如洗。一天，家父隻身前去米蘭，家母由我陪同，造訪這間住所。她發現一對辛勤工作的農夫農婦被粗活和憂慮壓得喘不過氣，正將貧乏的食物分給五個飢餓的嬰孩。其中有個孩子特別吸引家母的注意。她不像那一家的孩子。其他四個黑眼睛，是強健的小調皮蛋；這個孩子則瘦弱而秀麗。她的頭髮是燦爛光輝的金黃，雖然衣著破爛，那頭金髮卻讓她戴上了奪目的冠冕。她的眉宇寬闊秀氣，藍眼清澈，雙唇和臉的輪廓細緻甜美，看著她的人很難不覺得她與眾不同，她像是來自天上，容貌處處帶著脫俗的風采。

農婦注意到家母驚歎喜愛的目光落在這個可愛的女孩身上，於是急著說出女孩的過去。她不是她的孩子，而是一名米蘭貴族的女兒。她母親是德國人，在生產時過世了。嬰兒於是交由這些好心人照顧；當時他們的境遇沒這麼糟。他們當初結婚不久，長子剛出生。女嬰的父親從小浸淫在古義大利的榮耀中，致力為祖國爭取自由*。最後他成為這個缺憾的犧牲者。不知他是喪了命，或是仍關在奧地利的地牢裡。但他的財產充了公，孩子成為窮困的孤兒。她仍和養父母待在一起，在他們粗鄙的房子裡綻放光華，比黑葉薔薇之間的花園玫瑰更加耀眼。

家父由米蘭回來時，發現我在我們別墅的大廳裡和一個比小天使還漂亮的孩子玩耍——這孩子的面容似乎散發著光華，姿態比山上的羚羊更優雅。他很快就得知這一幕的緣由。家母徵得他的同意，說服粗鄙的監護人將他們受託照

* 義大利北端的地區和倫巴第省當時落入奧宏帝國的統治之下。米蘭為倫巴第的首府，伊莉莎白的父親即為參與反抗的米蘭貴族。

顧的女孩交給她。他們很愛這個甜美的孤兒，家裡有了她彷彿恩賜，但天主既然賜與她強而有力的保護者，讓她繼續待在貧困中似乎並不公平。他們向村裡的教士尋求建議，最後伊莉莎白・拉凡薩成了我父母家中的成員，對我而言比妹妹更親，是我從事種種消遣娛樂時美麗而親愛的同伴。

大家都愛伊莉莎白。包括我在內，所有見到她的人無不對她產生熱情而近乎恭敬的疼愛，而我與有榮焉。帶她回我家的前一晚，家母開玩笑地說：「我有個漂亮的禮物要送給我的維克托——明天他就會收到了。」隔天她帶伊莉莎白來，說這是她承諾的禮物，於是我秉著孩童的認真態度，將她的話作字面解釋，認為伊莉莎白屬於我——該由我保護、親愛、珍惜。對她的所有讚美，我都當作對我的恭維。我們親暱地稱彼此為表兄妹。言語或任何方式都不能具體表達她對我的意義——她不只是我的妹妹，她至死都只屬於我一個人。

2

我們一同被撫養長大；我和她相差不到一歲。當然我們甚少爭執不和。我們和睦相處，兩人的性格雖然存在歧異和對比，卻讓我們更親近。伊莉莎白比較沉靜專注；不過我懷著熱誠，因此更能專心致志，也更難抵抗對知識的渴望。她埋首詩人筆下虛幻的創作，沉浸於我們瑞士家園周遭雄偉迷人的風景——山形的壯闊，四季的流轉，暴風與平靜，阿爾卑斯山冬日的寧靜，以及夏季的活力與熱鬧，這一切都令她欣喜讚歎。我的同伴嚴肅滿足地思索事物壯麗的表象，而我則愛好研究其中的成因。對我而言，世界是我渴望解讀的奧祕。好奇、認真的探究自然界隱而不顯的法則，在答案顯露時欣喜若狂，這些都是我記憶中最早的感受。

我和弟弟相差七歲；第二個兒子出生後，我的雙親決定回到祖國扎根，不再四處遊歷。我們在日內瓦有一間房子，在貝勒里夫湖東岸有棟鄉間小屋，那裡距離城裡超過一里格[1]。我們主要待在貝勒里夫，我父母過著離群索居的日子。我天生就愛避開人群，只和少數幾人熱絡往來。我因此通常對學校同學漠不關心，但我和其中一人發展出最緊密的友誼。亨利．克萊瓦是日內瓦商人之子。他天資聰穎，別富想像力，而且喜歡冒險，不畏堅難甚至危險。他浸淫於描述騎士精神與浪漫的書籍，寫下英雄的詩歌，著手寫了不少迷人的俠義冒險故事。他說服我們表演戲劇，變裝打扮，其中的角色含括出自《羅蘭之歌》中奧雷亞加的英雄，和亞瑟王的圓桌武士，以及為了從異教徒手中奪回聖墓而不惜揮灑熱血的俠義之人。

沒有人的童年能過得比我快樂了。我的雙親慈愛又寬容。我們不覺得他們曾專制反覆地左右我們的命運，而是創造並為我們帶來諸多快樂。我和其他家庭相處時，發現自己異常幸運，而感激之情又滋長了孝心。

我有時脾氣暴躁，情感激烈；但基於我性情的某種特性，這些性格未轉向幼稚的目標，反而讓我渴切學習，但並非不加選擇地學習。我得承認，語言結構、政府規章甚至各國的政治都無法吸引我。我渴望學習的是天地的奧祕；而盤據我心的不論是事物外在的特質、自然的內在精神或人類神祕的靈魂，我好奇的依然是形而上的事物，追根究柢來說，是這世界裡大自然的奧祕。

克萊瓦則沉浸於事物的道德意義。他關注的主題是生命忙碌的階段、英雄的美德和人的行為；而他期待、夢想的是自己的名字出現在故事中，是人類不畏艱難的英勇救星。

而伊莉莎白聖潔的靈魂在我們家中有如聖壇的奉獻燈火。她包容我們；她的微笑、輕柔的聲音、天使般的雙眼甜蜜的一瞥，永遠帶給我們祝福與活力。她宛如愛的化身，吸引著人們，讓人們軟化；因為我生性熱情而情緒暴躁，有時我在學習時會變得悶悶不樂，但她能平撫我的情緒，讓我變得幾乎和她一樣溫和。而克萊瓦——有什麼壞事能夠影響克萊瓦高尚的情操嗎？然而，如果她不曾讓克萊瓦看到慈悲的真正美好，讓為善成為他勃勃野心的最終目標，他或許就不會如此充滿仁慈，慷慨而體貼，渴望冒險卻溫柔仁厚。

我沉溺於童年回憶，滿心喜悅；那時我的心靈尚未染上不幸的陰影，將不可限量的光明前景轉為對自身的憂鬱狹隘省思。此外，我在描述早年生涯的同時，也述及一些事件，這些事件將不知不覺地導致之後悲慘的故事，因為我試

1. League，舊制距離單位，約三英里。

圖向自己解釋之後支配我命運的那股熱情從何而起，卻發現那熱情像山中河流一般，其實起於卑微且幾乎遭遺忘的源頭；但熱情繼續前進而高漲，成為滾滾洪流，捲走我所有的希望與喜悅。自然哲學是支配我命運的源頭，因此我渴望敘述這個故事，說出讓我偏好那一門知識的實際原因。

我十三歲時，全家一同前往托農附近一座浴場度假；無情的天氣將我們困在旅館裡一天。我無意間在這間房子裡找到科尼里烏斯・阿格里帕[2]的一部作品。我漫不經心地翻開書頁，但我讀了他試圖證明的理論及談到的事實，很快就變得熱中投入。我似乎得到新的啟發，於是雀躍地將我發現的事報告父親。家父瞥了眼那本書的書名，說道：「哈！科尼里烏斯・阿格里帕！親愛的維克托，別在這上面浪費時間，這東西毫無價值。」

若家父沒這麼說，而是解釋阿格里帕的原理已經全數被推翻，而現代的科學系統遠比古老的系統強大，因為從前的科學力量全屬空想，現代科學則真實而實際，那麼我絕對會拋開阿格里帕，更熱切地投入先前的學習，以滿足我熱切的想像。我的思緒甚至永遠不會受那股致命的衝動驅使，最終招致毀滅。但家父匆促一瞥我的書，完全無法讓我相信他熟悉其中內容，於是我繼續飢渴地閱讀。回家時，我急著取得這位作者的所有著作，之後則是帕拉塞蘇斯[3]和艾伯圖斯．馬格努斯[4]。我欣喜地研讀這些作者的狂想；對我而言，他們是除了我之外罕為人知的珍寶。我已說過我總是充滿強烈的渴望，想要參透自然的奧祕。現代科學哲學家雖然辛勤研究，也有傲人的發現，但我讀來總覺得缺憾而不滿足。據說以薩克．牛頓爵士[5]承認，他覺得自己像是在未知的真理之海旁撿拾貝殼的孩子。我接觸過他在自然哲學各分支的一些後繼者，他們在我年少的理解中，似乎只是追求相同目標的新手。

2. 科尼里烏斯．阿格里帕（Cornelius Agrippa, 1486-1535），德國神祕學家、煉金術師、醫生與占星家。神祕學著作中以《神祕哲學三書》（*Three Books of Occult Philosophy*）流傳最廣，文藝復興時期對儀式魔法和宗教之間關係的探討受到此作品影響頗為深遠。

3. 帕拉塞蘇斯（Paracelsus, 1493-1541），是醫生、煉金術師、植物學家、占星師與神祕學者，毒物學之父，強調煉金術的醫學價值，率先將化學物質與礦物用於醫療，提出的創新見解雖然有些在後世被推翻，但挑戰了當代醫學與科學觀念。據說曾創造賢者之石與人造人。

4. 艾伯圖斯．馬格努斯（Albertus Magnus, 1193 or 1206-1280），德國神學家、哲學家，博學多聞，在神學與自然哲學的著作等身。據傳亦為煉金術師，曾發現賢者之石。

5. 以薩克．牛頓（Isaac Newton，一六四二～一七二六），英國物理學家、數學家、天文學家，也是自然哲學家及鍊金術師。

無知的粗人面對自己周圍的自然元素，知道這些元素的實際用途，而最博學的科學家知道的也並未更加充分。學者稍稍揭開大自然的面紗，但她永恆的面容依然神祕而不可思議。學者可以解剖、分析、命名；但他對第二層、第三層的原因一無所知，更不用說最終因了。我見識過阻止人類進入自然堡壘的防禦與阻礙，並且無知而輕率地怨歎。

但我有了書，也認識了這些探究得更深、知道更多的人。我全盤接受他們的主張，成為他們的信徒。十八世紀會發生這樣的事，看似奇怪，但我在日內瓦的學校接受正規教育的同時，幾乎完全自學著我最愛的學科。家父不是科學家，而我只能藉著孩子的盲目和學生的求知若渴，摸索掙扎。在新導師的引導下，我開始勤勉不倦地尋找賢者之石和長生不老藥；我不久就全心投入長生不老藥的研究。財富是等而下之的目標，如果我能祛除人體的疾病，讓人類除了意外死亡再也無所懼，那我將得到多大的榮耀！這並不是我唯一的夢想。我最愛的作者慷慨保證能召喚鬼魂或惡魔，而我熱切希望達成；我的魔法總不成功，我便將失敗歸咎於我經驗不足和失誤，而非這些導師缺乏技術或所言不真。因此我有一段時間投身於已被推翻的系統，像新手一樣混淆無數矛盾的學說，在五花八門的知識泥沼中拚命掙扎，唯一的引導是狂熱的想像和幼稚的推論，直到一場意外再次改變了我思想走向。

我大約十五歲時，我們遷回貝勒里夫附近的房子，目睹了猛烈駭人的大雷雨。暴風從侏儸山脈後方而來，雷從天空四面八方劈下，震耳欲聾。暴風雨肆虐的過程中，我沒躲起，而是好奇而喜悅地看著暴風雨的發展。我站在門邊，突然看到離房子約二十碼外有棵美麗老橡樹噴出一道火焰；眩目的光芒消失後，橡樹不見了，原處只剩一截焦枯的殘幹。隔天早上我們走上前，發現那棵樹原來已被一擊而毀。雷擊沒將樹劈裂，而是完全將之化為薄薄的木屑。我從沒見過摧毀得如此徹底的東西。

在這之前，我還算熟悉電學比較淺顯的法則。當時我們有位同伴對自然哲學領域頗有研究，這場災難令他興奮不已，開始解釋電學和流電學[6]的理論，令我感到新奇又驚歎。他的話讓科尼里烏斯·阿格里帕、艾伯圖斯·馬格努斯

6. Galvanism，指電流能刺激肌肉收縮的現象，由十八世紀義大利醫生、物理學家兼哲學家伽凡尼發現，並以他為名。

和帕拉塞蘇斯這些我想像力的導師相形見絀；不幸的是，推翻這些人讓我不願繼續我熟悉的研究。我總覺得永遠無法了解任何事情，長久以來吸引我的事物突然顯得可鄙。我們年少時最容易反覆無常，因此我立刻拋下先前的努力，視博物學和其所有衍生學科為畸形未成熟的成果，全心厭惡永遠無法踏進真正知識之門的準科學。我抱著這樣的心情鑽研數學和這種科學的其他分支，識之為根基穩固、值得我探討的研究。

人類心靈的組成實在奇妙，而我們就是靠如此細微的連結來維繫成功或毀滅。回首過去，總覺得這次我意向與意志的改變近乎奇蹟，是我人生守護天使的緊急提示——暴風當時已經高掛星辰間，準備籠罩我，而那是守護靈最終一次設法讓暴風轉向。我拋棄近來令我苦惱的古老研究之後，靈魂感到靜謐喜悅，也宣告了守護靈的勝利。正因此，我後來懂得了繼續學習那些知識將造成不幸，拋下那些知識才能幸福。

善良的神靈雖然奮力一搏，卻徒勞無功。命運太過強大，而它不變的律法已經宣告我將步入恐怖而徹底的毀滅。

3

我滿十七歲時，我的雙親決定讓我進入因格施塔特大學*就讀。在此之前，我讀的是日內瓦學校，但家父認為我應該接觸祖國之外的風俗民情，我的教育才算完整。因此我動身的日期訂在不久之後，但在啟程之日到來之前，我便遭遇了人生的第一個不幸——預示了我悲慘的未來。伊莉莎白得了猩紅熱；她病得很重，性命垂危。她生病期間，我們屢次勸母親別親自照顧她。她起先同意我們的懇求，但她一聽到她最疼愛的孩子性命堪慮，就再也無法克制焦慮。她在伊莉莎白的病榻旁照料；她無微不至的照料戰勝了這惡毒的疾病——伊莉莎白活了下來，但這莽撞之舉害了救她的人。照顧她的第三天，家母病了；她發著高燒，而且出現令人擔憂的症狀；照護人員臉上的神情預告了最糟

* 因格施塔特（Ingolstadt）位於德國東南的多瑙河畔。其大學建立於一四七二年，教授學科涵括人文、法律、神學、科學、醫學，擁有當時先進的醫學院。

的結果。即使臨死前，這位善良的婦人依然堅毅慈祥。她讓我和伊莉莎白牽起手。

「我的孩子，」她說，「我對未來幸福的希望，全寄託於你們的結合。現在這個期待將成為你們父親的慰藉。親愛的伊莉莎白，妳得為我幼小的孩子擔起母職。唉！真可惜我將被迫離開你們；我一直快樂幸福，真捨不得離開你們！但我不該這麼想，我會盡量愉快地接受死亡，期待和你們在另一個世界相會。」

她平靜地死去，遺容依然帶著慈愛。無法挽回的憾事斬斷了最親密的羈絆，我用不著描述深受其苦的人心裡的感覺、靈魂的空虛，以及表情中的絕望。我們一向與她朝夕相伴，她彷彿我們的一部分，我們花了很長的時間才說服自己，她永遠不會回來了——那雙我們摯愛的雙眼中的光輝已經熄滅，熟悉而親暱的聲音沉默了，再也無緣聽見。這是最初那段日子的感受；隨著時間過去，明白了憾事確實發生，真正的哀痛才開始。然而，有誰的摯愛能完全逃過那雙殘暴的手？我何必敘述所有人都曾經歷，也必將經歷的悲傷？哀痛終將不再必需，而成為一種沉溺；嘴邊縈繞的微笑雖然可能顯得不敬，卻不會完全消失。家母過世了，但我們還有必須完成的責任；我們必須和其他人繼續我們的人生，慶幸自己沒被死亡攫走。

我出發前往因格施塔特的日子原來因這些事件而延宕，這時再次確定了。家父准我休息數週。太快離開寂靜而近乎死寂的哀悼之家，匆匆踏入熱鬧的人世，總覺得不敬。我不習於傷痛，但傷痛仍讓我不安。我不願離開我僅有的親人的視線，而我特別希望心愛的伊莉莎白能得到些許慰藉。

她壓抑了自己的悲傷，努力安慰所有人。她堅定地面對生命，勇敢熱切地擔起她生命中的責任。她盡力安慰她稱為舅舅和表兄弟的人。她重拾了燦爛溫暖的笑容，向我們展露微笑；此刻的她比以往更迷人。她努力讓我們忘卻，甚至自己也忘了悲傷。

我預定離開的日子終於到了。最後一晚，克萊瓦與我們共度。他設法說服他父親讓他陪我前往，當我的同學，但並未如願。他父親是眼光狹隘的商人，在他眼裡兒子的抱負與志向卻是遊手好閒與墮落。亨利對於不被允許接受通才教育感到非常遺憾。他的話不多，但他說話時，我由他閃亮的眼睛、生氣勃勃的目光，看出他壓抑但堅定的決心；他絕不會被束縛於經商的可悲瑣事中。

我們長伴至深夜。我們無法勉強分開，也說不出那句「珍重再見」。話既出口，我們便假借休息之名回房，兩人心裡都希望對方能相信那句謊言；然而，一大清早我下樓來到準備接我離開的馬車處，他們卻都在那裡——家父再度祝福我，克萊瓦再次握握我的手，而我的伊莉莎白則是再次懇求我常常寫信，最後一次向她的玩伴與朋友投注柔情。

我躍上前來接我的輕便馬車，陷入深沉愁思。我的身邊向來都是友善的同伴，總是努力讓彼此快樂——現在我孤單一人了。我要去的那間大學裡，我得自己交朋友，保護自己。我的人生在此之前一直與世隔絕，以家人為重心，因此忍不住厭惡新臉孔。我愛我的弟弟、伊莉莎白和克萊瓦；他們是「熟悉的老面孔」，而我覺得自己完全不適合與陌生人為伴。旅程開始時，我想的就是這些事；隨著繼續前進，我的心情和信心都提振了。我熱切希望得到知識。在家時，我時常覺得年輕時很難蟄居在一個地方，並且渴望進入這個世界，在其他人之間找到自己的位置。我終於稱心如意，如果還覺得懊悔，實在愚蠢。

前往因格施塔特的旅程漫長而累人。路途上，我有不少閒暇思考各種事。最後，那座城市高大的白色尖塔終於出現在眼前。我心情振奮，讓人領我來到我獨居的公寓，愜意地度過當晚。

隔天早上，我差人送了介紹信，拜訪幾位首席教授。機運使然，我先去見了自然哲學教授克倫培先生；或許該說我不情願地踏出父親家門之後，毀滅天使的邪惡影響就以全能的力量左右了我。他雖然粗魯，但在他這門學問的奧祕中浸淫頗深。他問了幾個問題，想知道我在自然哲學相關分支學科的學習狀況。我敷衍地回答，語帶輕蔑地提起我那些鍊金術師的名字，表示他們是我研讀的主要作家。教授詫異極了，問道：「你真的花時間研究那些無稽之談嗎？」

我承認了，而克倫培先生激動地繼續說：「你在那些書上所浪費的每分每秒全是白費功夫。你費神記憶的是已經推翻的假說和無意義的名稱。老天啊！你活在哪片不毛之地，都沒人好心告訴你，你貪婪吸收的這些假說已經有千年的歷史，老舊又過時？在這文明科學的年代，真沒想到還會發現艾伯圖斯・馬格努斯和帕拉塞蘇斯的信徒。親愛的先生，你可得從頭開始學習。」

他這麼說著，走到一旁列下幾本要我添購的自然哲學書籍，提起下週他打算開一門課，內容是自然哲學概論，而他的同事華德曼教授會從隔日起與他輪流講授化學，接著他便打發我離開。

我說過，我後來一直覺得教授嚴辭譴責的這些作者一無是處，因此我回家時並不覺得沮喪，而我依然不想重拾類似的研究。克倫培先生是個矮胖的男人，聲音粗啞，其貌不揚；這位老師給我的印象讓我對他的研究沒什麼好感。我之前描述早年我對這些作者的結論時，也許說得太哲學、太理性。小時候，現代自然哲學教授所承諾的研究結果向來不能滿足我。我因為太年輕、在這類事情上缺乏指導而思想混淆，因此在求知的路上走了回頭路，捨棄近年的研究發現，換來被遺忘的鍊金術師之夢。何況我輕視現代自然哲學的應用。那和偉大的科學家追尋永生和力量有天壤之別，他們的概念雖然徒勞，卻仍然崇高；但這會兒情勢變了。探索知識者的野心似乎自我侷限於消滅那些憧憬，而那卻是我對科學最有興趣之處。我被迫放棄無比宏偉的奇想，屈就於無甚價值的現實。

我住在因格施塔特的頭兩、三天想的就是這樣的事，那幾天主要在熟悉我新住處的環境和主要住戶。但隨著下一週到來，我想起克倫培先生告訴我的課程資訊。我雖然不想去聽那個自大的矮傢伙站在演說臺上高談闊論，卻想起他提過華德曼先生；華德曼先生之前出城去了，因此我還沒見過他。

我半是好奇，半是無聊，於是走進講堂，不久後，華德曼先生也進來了。

這位教授和他的同事截然不同。他外表約五十歲，容貌十分慈祥；他雖然兩鬢花白，後腦勺的頭髮卻幾乎全黑。他個子雖矮，卻格外挺拔，我從沒聽過有人的說話聲比他更悅耳。演講開始時，他先簡述了化學史以及諸位飽學之士所帶來的種種進展，熱切地提到最傑出的發現者之名。接著他簡略地介紹科學的現況，解釋了不少的基本科學詞彙。做了幾項初步的實驗之後，他以頌揚現代化學收尾，而我永遠忘不了他的話：「在古代，這門科學的老師總是承諾學生會見到不可思議之事，卻什麼也不曾成就。現代學者則鮮少做出相同的保證；他們知道金屬不可能改變，而長生不老藥只是幻想。但這些雙手似乎只為了在塵土中摸索而存在，以及雙眼似乎只為了凝視顯微鏡或坩堝而存在的自然哲學，的確曾經創造奇蹟。他們洞悉自然的奧妙之處，展現自然在她的藏身處如何運作。他們攀入天堂；他們發現了血液如何循環，也發現我們呼吸的空氣的本質。他們得到新穎而近乎無窮的力量，可以號令天界的雷電，模擬地震，甚至以無形世界的影子來模仿它。」

教授說的這番話——在我聽來是命運之言——毀滅了我。他繼續闡述時，我覺得自己的靈魂就好似和一個有形有體的敵人在格鬥；而構成我存在機制的關鍵一一被觸及；一根根弦不斷撥響，不久，我的腦中便充斥著一個念頭、一個想法、一個目的。法蘭肯斯坦的靈魂呼喊著：前人已經達成這麼多的成就，而我會成就更多，遠勝於此；我會踩著現有的足跡，開拓新的途徑，探索未知的力量，將萬物最深奧的祕密展現給世人。

那晚我遲遲無法闔眼。我的內在處於騷動混亂的狀態；我覺得之後將會重拾秩序，但我當時無能為力。清晨之後，我漸漸睡去。我醒來時，前一晚的念頭有如一場夢。而我腦中只剩下決心，我決意回歸從前的學習，投入我認為自己有天賦的科學。那一天，我造訪了華德曼先生。他私下的態度比人前更溫和迷人，因為他在課堂上的風采帶著某種威嚴，但在家中時無比的殷勤親切則取代了這股威嚴。我向他提起先前學習的經過，描述的內容幾乎和我對他同事說的如出一轍。他專注傾聽我簡敘過去的學習，聽到科尼里烏斯·阿格里帕和帕拉塞蘇斯的名字時莞爾，但並未像克倫培先生一樣帶著蔑意。

他說，「現代自然哲學家的知識基礎，大半都應歸功於這些擁有無盡熱忱的人士。他們留給我們的任務比較簡單，我們只要將那些在相當程度上都是由他們所發現的真相加以命名、分門別類就好。天才的努力不論受到多少誤導，幾乎終究都會對人類有實質的裨益。」他話中毫無傲慢或虛偽，我聽完告訴他，他的授課讓我不再對現代化學家抱著偏見；我說話時字字斟酌，抱著年輕人對指導者應有的謙遜與敬意，並且努力不洩漏那股讓我打算重新投入過去研究的熱情（我先前還曾因為缺乏人生經驗而感到羞愧）。我請他建議需要採購的書籍。

華德曼先生說：「我很高興得到一個門生；如果你的努力與能力相符，相信你必定成功。化學是自然哲學中過去進展最多，未來也最有進展可期的分支；因此我才特別投注於化學研究；然而我並未忽略科學的其他學科。如果只打算研究化學這門人類知識，只能成為差勁的化學家。如果你真的希望成為科學家，而不只是卑微的實驗者，我建議你學習自然哲學所有學科的知識，包括數學。」接著他帶我到他的實驗室，向我解釋各種器材的用途，告訴我該購置哪些物品，並保證等我在這門學問有足夠的精進，不會攪亂儀器裝置，就讓我使用他的儀器。他還應我的要求提供了書單，之後我便告辭離開。

難忘的一日就此結束；這一天決定了我未來的命運。

4

從這天起，以最廣泛的定義而言，自然哲學，尤其是化學，幾乎成了我唯一專注的學科。我熱中研讀現代研究者針對這些題材寫的作品，內容創新且極具差異性。我上課聽講，結識大學中的科學家，發現即使克倫培先生也有不少正確的見解和實在的知識，雖然他的相貌和舉止令不人敢恭維，卻無損於專業。而我從華德曼先生那兒找到了真誠的友誼，他溫和的態度不曾受到教條主義汙染，而他指導時坦白而親切，毫不讓人覺得在賣弄學問。他以千種方式指引我踏上平順的求學之道，即使最深奧的研究也讓我覺得明瞭易懂。我投入的心起先搖擺而猶豫，但在繼續的過程中逐漸堅定，不久就變得強烈而熱切，時常在實驗室待到星星消失在晨光中。

我努力鑽研，因此迅速得到長足的進步。我熱中學習的情況令同學訝異，而我熟練的程度則讓師長吃驚。克倫培教授露出靦腆的微笑，問起科尼里烏斯．阿格里帕最近如何，華德曼先生對我的進展則由衷歡喜。如此過了兩年，期間我不曾回日內瓦，而是全心全意投入追求某些發現。只有經歷過的人才能想像科學的魅力。在其他領域進行研究時，只能到達前人去過的地方，沒其他知識可探究；但科學的研究永遠都有甜美的果實等待發現與讚歎。中等才智的人若勤勉投入，絕對能精通鑽研的項目；而我始終朝一個研究目標努力，全神貫注於其中，進展神速。兩年後，我便發現了改良某些化學儀器的方法，因此在大學裡得到不少榮耀與讚譽。這時我已經熟稔因格施塔特所有教授所傳授的自然哲學理論與實務，待在那裡已經無益於進步，因此我考慮返回家鄉親友身邊。然而這時發生了一件事，延長我留滯的時間。

人體的構造，甚至任何有生命的動物的身體結構，都是特別吸引我的現象。我時常問自己，生命的本質如何能運作？這問題很大膽，而且從未被視為奧祕；但如果我們沒因為怯懦或漠不關心而不去探問，該能精通多少事物。這些情況縈繞我腦中，於是我決心特別鑽研自然哲學中與生理學有關的學科。要不是我受到幾近不可思議的狂熱所鼓動，我應該會感到厭煩，無法忍受投入這項研究。為了細察生命的起因，我們必須求助於死亡。我開始學習解剖學，但還不足夠；我還必須能觀察人體自然衰敗腐化的過程。在我受教育的過程中，家父特別謹慎，不希望我見識超自然的恐怖。我從不記得自己聽著迷信的故事顫抖，或害怕看到幽靈。黑暗不會激起我的幻想，而教會墓地對我而言只是擱放無生命的軀體之處，而軀殼曾蘊涵美與力量，最終卻成為蟲子的食糧。此時我不得不檢查屍體腐爛的原因與過程，日夜待在墓室與停屍間。我關注的都是人類纖細感受最無法忍受的事物。我看到人類的美好身軀分解、腐壞；我看著有生氣的紅潤臉頰因死亡而腐敗；我看到蟲子如何接收眼睛與腦子的奇觀。我停下來，檢查分析一切繁瑣的肇因，並從由生至死、起死回生的轉變中得到證實，直到這片黑暗中靈光一現——那道光無比燦爛而美妙，卻又無比單純，由此揭示的可能性無可限量，令我眩惑，而我很訝異那麼多才華洋溢的人投入同樣的科學研究，卻唯獨我有緣發現如此驚人的祕密。

別忘了，我描述的並非瘋顛之人的幻想。我所言真實不虛，就如太陽必然在天上照耀。或許是某種奇蹟使然，但這個發現的每個階段既清晰又可信。經過日以繼夜難以想像的辛勞，我終於找出生命肇始和生命本身的起因；不對，不只如此，我自己也能讓無生命的物質活過來。

這個發現最初帶來的驚詫，隨即被歡欣與狂喜取代。我費盡了時間與心力，終於實現我最大的願望，這是最足以慰勞我先前辛勞的成果。但這項發現太重大、太驚人，讓我忘了之前漸次進行的步驟，只看到結果。自創世以來，向來只有最博識之人得以進行這樣的研究、擁有這樣的願望，如今我卻唾手可得。不過這一切並不像魔法的場景般瞬間向我展現——我得到的訊息並非展現已存在的成果，而是將我的努力導向我追尋的目標。我彷彿為死者陪葬但找到生路的阿拉伯人，只有忽明忽滅且看似無用的光芒引導。

朋友，由你眼中的熱切、驚歎與期望，看得出你想知道我得知的祕密，但我不會透露；耐心地聽到故事最後，就能了解我為什麼有所保留。你和我當時一樣熱情而毫無防備，我不會將你帶向毀滅與絕對的悲慘。如果不能聽我的告誡，那麼就從我身上記取教訓吧，至少從我的前車之鑑學到，獲得知識多麼危險——有人熱望變得比自己的天性允許的更為偉大，相較之下，相信自己家鄉城鎮就是全世界的人，要幸福多了。

當我發現我手中得到如此驚人的力量，我猶豫了許久，思考該怎麼利用這個力量。我雖有賦與生命的能力，但替得到生命的對象準備擁有複雜纖維、肌肉與血管的軀殼，仍是難以想像的困難艱辛。我起先猶豫該不該創造像自己這樣的生物，或是創造構造比較簡單的生物；但我最初的成功大大鼓舞了我的想像力，因此我便沒去質疑自己是否有能力將生命賦與人類這樣複雜美妙的動物。我手邊能使用的材料不足以完成如此困難的工作，但我毫不懷疑我終將成功。我做好各種心理準備；工作的過程可能挫折不斷，最終的成果可能不完美，但想到科學與力學日復一日的進展，我深受鼓舞，期望我目前的努力至少能成為日後成功的基礎。我也因此不覺得計畫的規模和複雜程度會影響可行性。我抱著這樣的想法開始創造人類。由於製作細膩的身體部位會嚴重影響速度，因此我決定背棄最初的計畫，做出身材高大的生物，大約八呎高，而且各部位按比例增大。我下定決心，花了幾個月的時間終於收集、備妥了材料，接著就著手進行。

沒人能想像最初在成功的熱望中，那些有如颶風般驅策我前進的各種感受。我覺得生死是我應當首先破除的束縛，這樣才能讓迸發的光芒湧入我們黑暗的世界。新的族類將感念我創造並賦與他們生命；許多愉快美妙的人將因為我而存在。任何父親都不可能從子女身上，得到如同他們對我的全心感激。我沿這些思緒想下去，認為如果我將生命賦與無生命的物質，未來或許能讓死後腐朽的軀體起死回生（雖然我現在才知道這根本不可行）。

我以努力不懈的熱忱進行工作時，這些念頭支持了我的意志。我專心研究，臉頰蒼白了，我更因足不出戶而形容憔悴。有時在幾乎成功之際功虧一簣，但我仍深信我的夢想在次日或下一小時就會實現。我唯一的祕訣就在於我全心投入的希望；當我不眠不休，殷切地追尋自然到其藏身處之時，月光見證了我在午夜時分的辛勞。我進入墳墓裡褻瀆的潮濕中，或折磨著活生生的動物，讓無生息的土偶得到生命，誰能想像我暗中進行這些苦事時的恐怖？現在想起當時，我的四肢顫抖，淚水盈眶；但那時有股無法抗拒、近乎瘋狂的衝動促使我繼續；我一切的靈魂或感知似乎完全投注於這個任務。那是一時的忘我狀態，不自然的刺激停止之後，我恢復從前的習慣，立刻再度變得敏銳。我到停屍間收集骨頭，以不敬的手指擾動人體驅殼的驚人祕密。房子頂樓有間獨立的房間（比較接近斗室），和其他房間有走廊和樓梯相隔，而我就在那裡進行不潔的創造；我因為處理工作的細部細節而眼球凸出。我從解剖室和屠宰場獲取不少材料；我內心的人性讓我常厭惡自己的工作，但我仍然受到愈燃愈烈的熱切驅策，即將完成我的工作。

我全心全意投入同一個目標的同時，夏天過去了。那年夏天格外美麗；田野從不曾如此豐收，葡萄藤不曾如此結實纍纍，但我卻對自然的魅力視若無睹。那些感受既讓我忽略周圍美景，也讓我忘了相隔數哩而許久未見的親友。我知道我默不聯絡讓他們不安，我仍記得家父的話：「我知道你順遂時會想念我們，我們會常聽到你的消息。如果你斷了聯繫，我恐怕會推斷你也忽略了其他本分。」

因此我很明白家父有什麼感覺，然而我的工作雖然令人作嘔，卻緊緊箝制了我的想像，讓我無法思考別的事。我甚至希望拋下所有情感，直到吞噬我所有習性的偉大目標完成。

當時我覺得家父將我疏於聯絡歸咎於我的惡習或缺陷並不公平，但我現在相信，他認為我有錯其實言之有理。完美的人應當保持心靈寧靜平和，永遠不讓熱情或無常的欲望干擾內心的平靜。我不認為追求知識可以自外於這個原則。如果你投入的研究削弱了你的情感、讓你無法感受到任何合金都無法調配出的簡單喜悅，那種研究絕對有違倫常，不適合人類的心智。如果所有人都遵守這個原則，如果誰都不讓任何的研究干擾家庭和樂，那麼希臘人就不會受奴役，凱撒不會荼毒他的國家，而美洲會逐步被發現，墨西哥和祕魯的帝國不至於毀滅。

我竟然在故事最有趣的部分開始說教，你的神情提醒我該繼續說下去了。家父在信中沒責怪我，只是注意到我的研究，特別問起我的工作。在我辛勤地工作時，冬天、春天、夏天過去了；但我太沉浸於工作，沒注意花朵或開展的新葉——這些景象從前總是讓我無比喜悅。我的工作即將告一段落之前，那年的葉片已經凋枯，一天天過去，我愈來愈明白自己有多成功。但我的焦慮卻阻礙了熱情，我外表看似在礦坑中做苦役的人，或像從事其他有害身心的工作，而不像為了鍾愛的事業而忙碌的藝術家。夜復一夜，我受一種進展緩慢的熱病折磨，緊繃得難受；落葉令我心驚，而我像罪犯似地避開其他人。有時我注意到自己失魂落魄的模樣而心驚；只有我的目標帶給我力量，支持著我——我的苦勞即將結束，而我相信活動與消遣將驅走萌芽的疾病；我向自己保證，等我的創作完成時，我將重拾活動與消遣。

5

十一月一個陰鬱的晚上，我注視著我辛勞的成果。我懷著近乎痛苦的焦慮，整理好身旁能夠賦與生命的器具，以便將生命的火花注入我腳邊尚無生氣之物。當時已經凌晨一點；雨水蕭瑟地打在窗板上，蠟燭幾乎燒盡，在近乎熄滅的燭光中，我瞥見那生物張開了他混濁的黃眼睛；他呼吸沉重，四肢抽搐。

我該如何形容我面對這突如其來的災禍時的心情，如何描述我投注無限心血與辛勞而創造出的怪物？他四肢勻稱，而我為他選了俊美的五官。俊美！天啊！他泛黃的皮膚下，肌肉與動脈依稀可見；他烏黑亮澤的頭髮飄垂著；他的牙齒是珍珠白；但這些美好的特徵，卻和他那雙幾乎和黃褐色眼窩同個顏色的水汪汪眼睛、乾枯的面容、平直泛黑的雙脣形成駭人對比。

人生中的各種意外並不像人類的感受那麼變化多端。我辛苦研究近兩年的時間，一心將生命導入無生命體，犧牲了休息與健康。我對此的熱切渴望遠遠偏離正常；如今我達成了目標，夢想卻不再美麗，令人窒息的恐懼與厭惡充塞我的心頭。我受不了再看著自己創造的生物，便衝出房間，在臥室裡踱步良久，無法靜下心睡覺。最後倦意取代了先前的煩亂，我和衣倒在床上，打算暫時忘卻煩惱。然而卻是徒勞；我雖然睡著了，卻受到瘋狂的夢境驚擾。我以為我見到健康美麗的伊莉莎白走在因格施塔特的街道上。我驚喜地擁抱她，在她脣上烙下第一個吻時，那雙脣卻泛著死黑；她的容貌似乎也變了，我覺得懷裡抱著的是亡母的屍骸；她身上裹了一件屍衣，我看到法蘭絨的皺褶中有屍蟲蠕動。

我由睡夢中驚醒；我的額頭冒出冷汗，牙齒打顫，四肢抽搐；這時，我藉著窗板透進的微弱黃色月光，看到那個可怕的生物——我所創造的不幸怪物。他掀開了床幔；臉上那雙勉強可稱為眼睛的東西正盯著我。他張著嘴，發出無意義的聲音，臉頰漾起笑意。他或許說了話，但我沒聽到；他伸出一隻手，似乎想留住我，但我逃開，衝下樓去。我躲到房子中庭，在那裡待了整晚，心浮氣躁地來回踱步，側耳傾聽，驚懼地留意一切風吹草動，擔心聽到的聲響是警告，宣告我不幸賦與生命的凶惡屍骸朝我而來。

噢！凡人絕對無法承受那張臉孔所帶來的恐懼，即使重獲生命的木乃伊也不如那怪物駭人。尚未大功告成之前，我曾注視著他；當時他雖然面容醜陋，但那些肌肉和關節得以動作之後，卻變成就連但丁也無法想像的東西。

我淒慘無比地度過那一夜。有時我的脈搏猛跳，甚至能感受到每條動脈在悸動；有時卻虛弱無力，差點癱軟在地。我感到這股恐懼與失望的苦澀交雜；那些夢想是我長久以來的養分與愜意的寄託，這時卻成了地獄；轉變何等迅速，一切完全顛覆！

陰暗潮濕的早晨終於降臨，我不曾闔眼，雙眼發疼，這時看到了因格施塔特教堂的白色尖塔和時鐘，指針指向六點。那一夜，庭院成了我的庇護所，門房打開院子大門，我便衝向街上，快步走過街道，像是想避開那個怪物，每到轉角便擔心看到他的身影。暗沉陰鬱的天空下起傾盆大雨，我渾身濕透，卻不敢回我的公寓，一心只想加快腳步。

我繼續這樣走了一陣子，設法藉著活動身體，減輕我心頭的重擔。我穿越街道，卻不清楚自己身在何處、在做什麼。我的心恐懼得狂跳，步伐慌亂地匆促前進，不敢左顧右看：

彷彿隻身在無人路，
膽顫心驚地走，
轉頭一瞥，繼續前進，
從此不敢回頭；
他知道有恐怖惡魔，
緊迫跟隨在後。
（摘自柯律治〈古水手之歌〉）

如此這樣走著，最後來到驛馬車和四輪馬車平時停靠的一間旅館。不知為何，我在這裡停下腳步；我在原地站了片刻，雙眼盯著一輛從街道另一頭朝我而來的馬車。馬車駛近時，我發現那是一輛瑞士的驛馬車；馬車就在我面前停下，門開了，我看見亨利·克萊瓦，而他一發現我，便跳下車。「親愛的法蘭肯斯坦，」他驚呼道，「真高興見到你！我一下車，你就在這裡，真是幸運！」

什麼也比不上我見到克萊瓦時的欣喜之情；見到他，我想起家父、伊莉莎白和我回憶中親愛的家園景象。我握著他的手，暫時忘卻了自己的恐懼與不幸；數月來頭一遭，我突然感受到平靜安詳的喜悅。因此我誠心誠意地歡迎我的朋友，和他一同走向我的大學。克萊瓦繼續談了一會兒我們都認識的朋友，以及他有幸獲准來因格施塔特的經過。

「我想你知道，」他說，「要說服家父並非所有必要的知識都包括在會計這門高尚的學問中，實在困難；說實在，我想他直到最後都無法被我說服，因為無論我如何不屈不撓地央求他，他的回答總是和《威克菲德的牧師》＊裡荷蘭教師的話如出一轍：『我不會希臘文，一年就有一萬弗羅林的收入；我不會希臘文，還是可以大吃大喝。』但他對我的疼愛終究勝過他對求學的厭惡，因此允許我踏上發現之旅，前往知識之境。」

「看到你，我滿心歡喜；不過快說說家父、弟弟和伊莉莎白過得如何。」

「他們很好，非常快樂，只是鮮少聽到你的消息，有點不安。我正打算代替他們責備你一番。不過，親愛的法蘭肯斯坦啊，」他突然停下腳步，仔細端詳我的臉，「我這才發現你看來病得好重，又瘦又蒼白，看起來就好像幾夜沒睡了。」

「你猜得沒錯，其實我最近因為全心投入一項工作而缺乏休息；不過我希望，誠心希望，這些工作全都已畫上句點，我也終於能夠脫身。」

我渾身顫抖；我不敢思考，更不敢提及前一晚發生的事。我快步走著，很快就到了我的學院。接著我想起留在房裡的生物可能還在那裡，充滿生氣地到處走動。我害怕看到這怪物，更怕讓亨利看到他。因此我請求亨利在樓梯下稍候幾分鐘，便衝上樓跑向我的房間。我尚未鎮定下來，手就已經伸到門鎖上。我停下動作，打了一個寒顫。接著我像是孩子覺得門後有鬼怪在等他們一樣，猛地推開門，但什麼也沒出現。我提心吊膽地走進門——結果公寓內空無一人，臥室裡也不見駭人訪客的蹤影。我幾乎不敢相信我竟然如此幸運，我確信敵人確實逃走之後，就開心地拍手，跑下樓找克萊瓦。

我們上樓到我的房間，僕人立刻送來早餐，但我還無法自制。揮之不去的不只是喜悅；我感覺到我的身體因極度敏感而刺痛，脈搏狂跳。我幾乎無法待著不動；我跳過椅子，又是拍手，又是大笑。克萊瓦起先以為我是因與他重逢

＊《威克菲德的牧師》（*The Vicar of Wakefield*）為作家奧立佛．高德史密斯（Oliver Goldsmith, 1730-1774）所作之小說。詩作《廢棄的農村》（*The Deserted Village*），與劇本《善性之人》（*The Good-natur'd Man*）和《屈身求愛》（*She Stoops to Conquer*）皆其著名作品。

而顯得異常開心，然而當他更仔細地觀察後，卻發現我眼中帶著他無法理解的瘋狂，而我旁若無人、並非發自內心的大笑令他驚恐。

「親愛的維克托，」他喊道。「看在老天的分上，究竟怎麼了？別再這樣笑。你病得多重啊！為什麼會這樣？」

「別問我，」我喊著，我以為自己看到那可怕的鬼怪溜進房間，於是伸手遮住雙眼。「他會告訴你。噢，救救我！救救我！」我想像中的怪物抓住了我；我拚命掙扎，痙攣倒下。

可憐的克萊瓦！他不知作何感想？他滿心期待的會面卻莫名奇妙地變了調。但我未能目睹他傷心難過，因為我已暈死過去，很長、很長一段時間都未恢復知覺。

我陷入神經性熱病，一連幾個月無法下床。在此期間，只有亨利照顧我。事後我才知道，他想到家父年事已高，不適於長途旅行，而我的病情將使伊莉莎白心碎，為了不讓他們難過，他沒讓他們知道我病得多重。他知道他會是我最溫柔細心的看護；他也堅信我會復原，因此毫不懷疑地瞞著我家人是最慈悲之舉，有利無弊。

但我其實病得很重，若不是我朋友持續不懈的關注，我顯然無法活過來。我創造的怪物的身影一直縈繞在我眼前，而我不斷吐出和怪物有關的譫語。我的話顯然嚇著了亨利；他起先以為那是我病中胡亂的幻想，不過我不斷重複提起同樣的對象，於是他覺得我的病是起自某個不尋常的可怕事件。

我的狀況不時惡化，讓我朋友焦急難過，但我終究以極其緩慢的速度恢復了。我還記得當我第一次愉快地看著外界事物時，我發現已見不到落葉，蔭蔽我窗前的樹上也冒出嫩芽。當時已是美好的春天，這季節十分有助於我康復。我也感覺到心中愛與喜悅的感覺甦醒了；我的憂鬱不再，不久我便像受到致命狂熱侵襲前一樣活潑。

「親愛的克萊瓦，」我激動地說，「你對我真好，真體貼。你承諾自己用功向學，但整個冬天卻耗在我的病房裡。我該怎麼報答你？很遺憾讓你的期待落空，希望你見諒。」

「只要你別再陷入焦慮，就是最好的報答，快快好起來吧！既然你的心情這麼好，我可以跟你談件事嗎？」

我打起哆嗦。談件事！會是什麼事？他暗示的是我想都不敢想的對象嗎？

克萊瓦發現我神色大變，說道：「別激動。如果讓你心煩，我就不提了；不過你父親和表妹如果接到你親筆寫的信，一定會很開心。他們幾乎不知道你病得多重，一直因為你毫無音信而擔憂。」

「就這樣嗎，親愛的亨利？你怎會覺得我的念頭不會立刻飄向我所愛又值得我深愛的那些親友？」

「朋友，如果你現在的心情是如此，那麼你應該會很高興看到一封擱了些時日的信件；我想寫這封信的人是你的表妹。」

6

然後克萊瓦便將信交給我。信是出自伊莉莎白之筆：

親愛的表哥：

你病得非常、非常重，即使好心的亨利時常來信保證，也無法讓我相信你真的無礙。你不能寫信——無法提筆；但親愛的維克托，只要隻字片語便能讓我們放下掛慮。有好一段時間，我覺得每次郵差來訪都可能會捎來你的一句話，而我勸阻了舅舅，沒讓他動身前往因格施塔特。我雖然讓他免於經歷漫長旅途的不便甚至危險，但我時常遺憾無法親自前往！我想像在病床邊照顧你的，是雇來的老護士，她永遠猜不出你的心思，也無法像你可憐的表妹這樣關心仔細地照顧你。但這些都過去了；克萊瓦來信說你確實開始康復了。我熱切期望你很快就會親自寫信確認這個消息。

快快康復，並且返家與我們相聚。你會發現一個快樂且充滿活力的家，還有深愛你的親友。令尊身體康健，只希望看到你，只想知道你很好；那麼他慈祥的面容便不會有任何陰霾。我們的恩奈斯特長大不少，你見了一定很高興！他十六歲了，活潑又開朗。他希望做個真正的瑞士人，去外國服役，但我們捨不得與他分離，至少要等他的哥哥回到我們身邊再說。我舅舅不贊同遙遠國家的軍旅生涯，但恩奈斯特一向不如你用功。求學做學問在他眼中是討厭的束縛；他都待在戶外，或去爬山，或在湖上划船。我擔心如果我們不讓步，允許他做想做的工作，他恐怕會變成遊手好閒的人。

你離開之後，除了可愛的弟弟們長大了之外，家裡沒什麼變化。碧藍的湖水和積雪皚皚的山巒依舊如昔；我想我們寧靜的家園和我們知足常樂的心，應該也依循著同樣不變的法則。我忙著無關緊要的小事自娛，只要看到身邊無憂無慮的親切臉龐，我做的任何事都值得了。你離開之後，我們的小家庭只有一個改變。你還記得賈絲婷・莫里茲是怎麼來到我們家嗎？或許不記得了；我就簡單說明一下她的過去。她母親莫里茲太太是個寡婦，育有四名子女，賈絲婷排行第三。這個女孩最得她父親寵愛，但她母親因為某種奇妙的扭曲心理而無法忍受她，因此莫里茲先生過世之後，她開始刻薄地對待賈絲婷。舅母注意到這個情況，於是在賈絲婷十二歲的時候，說服她母親讓她住到我們家。和周遭偉大的君主制國家相比，我們的共和政體讓人民的性情比較單純快樂，因此不同階級的居民之間的區隔比較小；下層階級的人沒那麼貧窮，也不那麼卑下，他們的行止也比較高雅而有道德感。因此日內瓦的僕人與英國、法國的僕人並不相同。我們的家庭便這樣接納了賈絲婷，讓她學會僕役的責任，而在我們國家，身為僕人並不代表他們無知，也不會讓他們失去人性尊嚴。

記得嗎？你以前好喜歡賈絲婷。我還記得你曾說過心情不好的時候，只要賈絲婷看你一眼，就能平息你的憂鬱，原因和阿里奧斯托歌頌美麗的安潔莉卡*相同——她看起來好坦率、好樂天。舅母很疼愛她，因此讓她接受了更高的教育。舅母的善心沒有白費，賈絲婷也是世上最知恩圖報的人兒——我不是指她曾經公開表示過什麼，也沒聽她提過任何感激之言，但我能從她眼中看出她

* 典出阿里奧斯托的史詩《瘋狂奧蘭多》（*Orlando Furioso*）。阿里奧斯托（Ariosto, 1474-1533）義大利文藝復興時期詩人與劇作家，《瘋狂奧蘭多》的背景為查理曼大帝對抗北非國王率兵入侵歐洲之時，奧蘭多是查理曼著名的聖騎士，他在故事中愛上異教徒的公主安潔莉卡，拋下責任。

對她的女恩人幾乎懷著仰慕之情。雖然她生性樂觀，在許多方面粗枝大葉，但她非常注意舅母的一舉一動。她將舅母視為最完美的模範，盡力模仿她的談吐和舉止，因此至今她仍常常讓我想起舅母。

賈絲婷在舅母臥病時焦切地照顧她。但親愛的舅母過世之後，大家都沉浸在自己的悲傷中，因此沒人注意到可憐的賈絲婷。可憐的賈絲婷生了重病，還有接二連三的磨難等著她。

她的手足接連過世；她母親因此失去所有孩子，只剩下遭她忽略的女兒。這位太太良心不安；她開始覺得她最愛的孩子們之所以會喪命，是上天在懲罰她偏心。她是羅馬天主教徒；我想，聽她告解的神父應該確認了她的想法。因此你出發至因格施塔特的幾個月後，賈絲婷便被悔過的母親召回家去了。可憐的女孩！她離開我們家時哭成了淚人兒；舅母過世後，她變了很多；她之前活潑過人，悲傷讓她的個性變得更柔和，帶了股迷人的溫柔。但住在母親家裡，無助於讓她重拾歡顏。那位可悲的太太悔憾的態度搖擺不定。她有時會求賈絲婷原諒她過去的苛刻，卻也經常指責她害死了她的手足。莫里茲太太總是心煩意亂，終於導致健康惡化，最初她只是變得更易怒，不過她現在已經永遠安息了。她在上個冬天天氣剛轉冷的時候去世。賈絲婷剛回到我們身邊，而我很愛她。她聰明伶俐又溫柔，而且生得美麗；我說過了，她的舉手投足和神態總是讓我想起親愛的舅母。

親愛的表哥，我還要跟你說說親愛的小威廉。真希望你能看到他；以他的年紀來說，他長得很高，有雙會笑的藍眼睛、深色睫毛和一頭鬈髮。他微笑的時候，健康紅潤的雙頰上會出現兩個小酒窩。他已經有一、兩個小情人了，不過他最愛的是一個名叫露意莎．拜侖的漂亮五歲小女孩。

說到這裡，親愛的維克托，我敢肯定你會想多聽些關於日內瓦善良百姓的花邊新聞。漂亮的曼斯菲爾德小姐將與一位英國青年約翰．莫爾本先生結婚，已經接受了拜訪道賀。她的醜姊姊去年秋天嫁給了富有的銀行家杜維亞爾先生。克萊瓦離開日內瓦之後，你最要好的同學路易．曼諾經歷了一些不幸。不過他已經振作起來，據說將迎娶一位名叫塔維尼耶夫人的美麗法國女士為妻。她是寡婦，年紀要比曼諾大得多，但她很受歡迎，人見人愛。

親愛的表哥，寫寫信讓我的心情好多了；但行筆至此，我又開始焦慮。最親愛的維克托，給我們寫封信吧——即使只有隻字片語，對我們來說就已經是難得的恩典。我們萬般感謝亨利的仁慈、關愛以及多次來信；我們由衷感激。再會了！我的表哥。多保重。還有，我懇求你，給我們寫封信吧！

伊莉莎白．拉凡薩，
一七XX年三月十八日於日內瓦

我讀完信，喊道：「我最親愛的伊莉莎白啊！我會馬上提筆寫信，不再讓他們擔憂。」我寫了信，耗費不少精神；不過我開始恢復了，狀況持續改善。過了十四天，我終於能離開房間。

我恢復後的要務之一，就是將克萊瓦引介給大學裡的幾位教授。過程苦不堪言，對我仍未癒合的心靈創傷十分不利。自從不祥的那一夜，也就是我結束辛勞、開啟不幸的那一夜起，我就連聽到自然哲學這個詞，也感到萬分厭惡。當我覺得自己幾乎完全康復時，我一看到化學儀器就又出現痛苦的緊張症狀。亨利發現這情形，於是收走我的器材，不讓我看見。他察覺我很討厭先前做實驗的房間，因此也幫我搬了家。但我拜訪教授時，卻讓克萊瓦的這些用心都功虧一簣。華德曼先生善良熱心地稱讚我在科學上的驚人進展，我聽了萬分難受。他很快發覺我不喜歡這個話題，但他猜不到真正的原因，認為是我謙虛，於是改變了話題，不再談我的進展，卻提起科學本身，顯然試圖鼓勵我。我又能如何？他好意鼓舞，卻讓我深受折磨。他有如在我面前一一細心擺出會將我折磨至死的刑具。他的話令我惶惑不安，但我不敢表現出心裡的痛苦。克萊瓦的雙眼和心思都很敏銳，總是很快察覺別人的感受；他藉口一無所知，推辭了這個話題，於是我們談話的主題轉為比較一般的內容。我打從內心感謝我的朋友，但並未開口言謝。我看得出他很驚訝，但他從未要我說出祕密。我雖然對他無比敬愛，卻永遠無法說服自己向他透露縈繞我腦海的那個事件。我擔心向別人述說細節，只會讓那段記憶更難抹滅。

克倫培先生就沒那麼配合了；我當時敏感得無藥可救，因此他直接而強烈的稱頌，比華德曼先生溫和的讚許更令我痛苦。

「該死的傢伙！」他喊道，「欸，克萊瓦先生，我保證他比誰都優秀。呵，儘管瞪大眼睛吧，我說的可是真話。這年輕人幾年前還把科尼里烏斯．阿格里帕當福音書一樣深信不疑，現在卻成為大學中的佼佼者。要不是他那麼快就病倒，我們都要無地自容啦──哎呀，哎呀。」他看到我一臉難受，繼續說：「法蘭肯斯坦先生太謙虛了；謙虛是年輕人最傑出的品格。克萊瓦先生，年輕人對自己就是不該那麼有信心。你知道嗎？我年輕時也一樣，不過那種態度一下就消失了。」

克倫培先生開始自吹自擂，我很慶幸終於不再是太過令我困擾的話題。

我愛好自然哲學，克萊瓦卻從來沒有共鳴，而他熱中的文學和令我著迷的學科截然不同。他來大學是打算成為東方語言的大師，藉此為自己的生涯開創一片天地。他決心追求耀眼的事業，因此將目光轉向東方，認為那裡能發揮他冒險進取的精神。他浸淫於波斯文、阿拉伯文和梵文，並且輕易就說服我投入同樣的學問。我過去向來討厭安逸，這時卻希望逃離回憶，而且也厭惡先前的研究，於是欣然成為我朋友的同窗；東方學者的作品不只給了我指引，也給了我安慰。克萊瓦嚴謹地鑽研他們的語言，但我和他不同，我並不打算使用那些語言，只想把學習語言當成暫時的消遣。我閱讀時，只求了解其中的意思，而我的努力也得到不錯的報酬。東方學者多愁善感的文思足以撫慰人心，而他們所展現出的喜悅則令人振奮；我在讀他國作者的作品時，從來沒有這麼強烈的感覺。閱讀東方文學時，會讓人覺得人生中好似存在於溫暖的陽光與一座開滿玫瑰的花園中——存在於美麗敵人的一顰一笑，以及熔蝕人心的烈焰之中。它們和希臘、羅馬那些氣概萬千的史詩是多麼不同啊！

夏天就在這些事情之中過去了，我返回日內瓦的日子定於秋末；但幾經延誤，冬雪降臨，道路無法通行，我的旅程因故延至隔年春天。我渴望見到故鄉和我深愛的親友，延誤令我懊惱。我遲遲未返鄉，只是因為不願在克萊瓦熟悉這裡的人之前，將他留在陌生的地方。那個冬天倒是過得很愉快；雖然春天來得晚，但明媚的春光完全彌補了它姍姍來遲的遺憾。

步入五月，我翹首盼著決定歸期的信，這時亨利提議我們去因格施塔特近郊散步，讓我好好道別我住了好些年的地方。我欣然接受了他的提議；我喜愛運動，而我在祖國的美景中從事這類活動時，克萊瓦總是我最愛的同伴。

我們此行花了十四天的時間——我的身體和心情早已恢復，而呼吸著有益健康的空氣、途中自然發生的插曲以及我和友人的對話，讓我的身心更添活力。之前的研究讓我無法和同學往來，讓我變得不善交際，但克萊瓦喚醒了我心中美好的感受；他再次教我愛上自然的面貌，以及孩子歡喜的臉龐。真是不可多得的朋友！你對我的愛多麼真摯，而且努力讓我的心靈提升到與你同個水平。自私的追求曾讓我變得狹隘而見識短淺，但你的溫柔與友愛溫暖開啟了我的感知；幾年前的我愛人也受眾人所愛，無憂無慮，這時我再度成為那個幸福的人。我心情好的時候，無生命的大自然也能賦與我最愉快的感受。寧靜的天空和青翠的田野令我著迷。春天的確無與倫比；春日的花朵在樹籬上綻放，夏季的花已經含苞待放。前一年我儘管努力忘記，但那些思緒仍像無法卸下的重擔壓迫著我，這時卻不再折磨我了。

亨利見我重拾歡笑，感同身受；他表達他靈魂裡充滿的感受，千方百計逗我開心。他在這種時候特別機智過人；他的對話想像力豐富，而他時常模仿波斯和阿拉伯作家，編出天馬行空、充滿熱情的內容。有時他也背誦我最愛的詩句，或是激我開口辯論，這方面他可說極為擅長。

我們是在一個週日下午回到學院。路上農人們跳舞歡慶，我們遇到的所有人看起來都愉快欣喜。我興致高昂，蹦蹦跳跳，心中充滿無拘無束的快樂與狂喜。

7

我回去的時候，發現父親寄來這麼一封信：

親愛的維克托：

你等著收到信以決定返鄉的日期，大概等得不耐煩了；我起先只想寫短短幾行字，只提我將見你歸來的日子。但那樣的體貼太過殘忍，因此我打消了念頭。兒子，如果你預期受到欣喜愉快的歡迎，卻見到淚水和悲淒，你會多麼驚駭？維克托啊，我該怎麼敘述我們的不幸？你雖然不會因為不在我們身邊而對我們的悲喜無動於衷，但我怎能讓我離家已久的兒子承受痛苦？我希望讓你為悲哀的消息做好心理準備，但我知道絕不可能；即使現在，你的目光已經掃過信紙，在尋找揭露噩耗的文字了。

威廉死了！——那個甜美的孩子，他的微笑溫暖我的心，令我滿心歡喜，他總是那麼溫柔又那麼快樂！維克托，他被謀殺了！我不會試圖安慰你，只會描述事情發生的經過。

上個星期四（五月七日），我和外甥女與你兩個弟弟去普蘭帕雷散步。那天晚上溫暖而寧靜，我們延長了散步的時間。我們想到要折返時已經薄暮；威廉和恩奈斯特跑在我們前面，那時我們發現找不到他們。於是我們找個地方坐，等他們回來。不久恩奈斯特回來了，問我們有沒有看到他弟弟；他說他在和威廉玩，而威廉跑去躲了起來，他遍尋不著，之後又等了很久，但威廉一直沒回來。

我們聽了憂心忡忡，繼續找他直到夜幕低垂，伊莉莎白猜測他或許回家去了。但他不在家。一想到我甜美的孩子迷了路，在外頭受著潮濕寒露，我就坐立難安。伊莉莎白也難過至極，於是我們拿了火把又回頭找。大約清晨五點的時候，我找到了我可愛的孩子。前一晚我還看到他健康活潑，生氣勃勃，那時卻一臉土灰，動也不動地躺在草地上，脖子上留著凶手的指印。

我們將他抬回家，而我臉上的痛苦洩露了祕密。伊莉莎白急於看到遺體。我起先試圖阻止，但她很堅持，進了放置遺體的房間，匆匆看過受害者頸部之後，緊握著雙手驚呼，「天啊！我害死了我親愛的弟弟！」

她昏了過去，好不容易才甦醒過來。她恢復生氣時，只流淚嘆息。她告訴我，那天傍晚威廉百般請求，希望她將她那條有你母親珍貴畫像的項鍊借他戴。那條項鍊不見了，顯然是讓凶手痛下殺手的誘因。我們雖然不屈不撓地努力尋找，但至今還沒找到凶手；但就算再怎麼努力，也不能讓我寶貝的威廉活過來！

回來吧，親愛的維克托，只有你能安慰伊莉莎白。她不斷哭泣，硬是指責自己害死了他；她的話令我心痛。我們愁雲慘霧；兒子，這樣你會更願意回來安慰我們嗎？想到你親愛的母親！唉，維克托啊！感謝上天，她沒活著看她的小寶貝如此慘烈地死去！

回來吧，維克托；別對凶手抱著報復的念頭，帶著平靜溫和的心情，我們心中的傷痛才不至於加劇，而得以復原。孩子，回到這個哀悼的家，但別抱著對你敵人的憎恨，只要帶著對愛你的人的善意與溫情就好。

你摯愛但哀痛的父親　阿爾方斯・法蘭肯斯坦

一七XX年五月十二日於日內瓦

我讀這封信時，克萊瓦始終注意著我的表情，驚訝地看著我由接到父親消息時的滿心歡喜，接著卻轉為沮喪。我把信扔在桌上，兩手捂住臉。

亨利發現我失聲痛哭時，驚呼道：「親愛的法蘭肯斯坦，你都這麼不開心嗎？我親愛的朋友，發生了什麼事？」

我示意他拿起信，我則激動焦慮地在房裡來回踱步。克萊瓦讀著給我捎來不幸的內容，眼中也湧出淚水。

「朋友，我不知該怎麼安慰你，」他說，「這樣的不幸無法彌補。你打算怎麼做？」

「立刻動身回日內瓦——亨利，跟我去預定馬匹吧。」

一路上，克萊瓦努力想說些安慰的話，但他只能表達出由衷的同情。「可憐的威廉！」他說，「可愛又親愛的孩子，他現在與他的天使母親同眠了！見過這稚嫩可愛、開朗喜悅的孩子的人，必會為他早夭而落淚！他死得好慘，還被凶手掐住脖子！是怎樣的凶手，竟然狠得下心殺害如此純真燦爛的孩子！可憐的孩子！只有一件事能給我們安慰：他的親友為他哀悼流淚，但他已經安息。痛苦過去，他受的折磨永遠結束了。他童稚的身軀長眠地下，離苦得樂。

我們不需再為他惋惜，而是該把憐憫留給還活著的可憐人。」

我們匆匆走過街道時，克萊瓦說了這些話；他的話深深刻印在我腦海，我在稍後獨處時回想起來。但那時馬匹一到，我便匆忙坐上一輛二輪輕便馬車，向我朋友道別了。

旅途中，我始終陷於哀傷之中。一開始，我渴望與我悲傷的心愛親友一同哀悼，安慰他們，因此希望快點到達；但接近故鄉時，我卻放慢了前進的速度。紛沓而至的諸多感受讓我幾乎無法自抑。我經過了少時熟悉、幾乎睽違六年的風景，發覺這段時間裡，一切變化真大！一樁悲慘而突然的變故發生了，而無數的小事件多少可能造成不同的結果，而這些事件雖然比較平和，影響卻未必比較小。恐懼襲上心頭；我不敢前進，擔心令我顫慄的種種莫名不幸即將發生，卻說不清自己是在害怕些什麼。

我處於這種痛苦的狀態，在洛桑待了兩天。我凝視著湖水——水面波瀾不興；周遭一切安寧；被稱為「自然的殿堂」*的覆雪山巒，從不曾改變。平靜而安詳的景致讓我逐漸平復，於是我繼續踏上返回日內瓦的旅程。

道路沿湖畔延伸，接近我家鄉時愈漸狹窄。我更清楚地看見侏儸山的黑色山腰和白朗峰的明亮山巔。我哭得像個孩子。「親愛的群山！我美麗的湖泊！你們歡迎漂泊的旅人嗎？你們的山峰清晰，天空與湖面都湛藍平靜。那是平安無事的預兆，還是要嘲笑我的不幸？」

朋友，我真擔心一直敘述我的故事初始的情形，會顯得枯燥乏味；但相較之下，那幾天算是快樂，而我回想起來就感到心情愉快。我的故鄉，我親愛的故鄉！除了當地人，誰看得出我再次看見那些溪流、山巒，特別是湖泊的時候，心中多麼喜悅！

然而，我接近家園時，再次被悲傷和恐懼擊倒。夜幕低垂，幾乎看不到黑暗的山巒之後，我益發陰鬱了。我看到的是一片廣大而陰暗的不祥景色，而我隱約料到自己注定將成為世上最不幸的人。唉！我猜得沒錯，只有一點沒料到——我想像、擔憂的悲慘，不及注定經歷的痛苦的百分之一。

我到達日內瓦郊區時，天色已全黑。城門已經關閉，我不得不在離日內瓦約半里格路程的村莊賽雪龍過夜。夜空晴朗，我無法入眠，於是決定看看可憐的威廉遇害的地點。我無法穿越城鎮，只好坐船前往普蘭帕雷。短暫的船程中，我看著閃電在白朗峰山巔閃動，形成優美的景象。暴風來得快，靠岸後，我爬上一座矮丘，觀察暴風的發展情況。暴風雨逼近，天空烏雲密布，不久我便感到斗大的雨，雨起先緩緩落下，但雨勢隨即加劇。

我離開了原先落坐的地點往前走，儘管黑暗與風雨持續增強，頭上的轟雷亦不時發出駭人的霹靂聲。侏儸山脈、薩雷夫峰和薩弗依地區的阿爾卑斯山傳來回音。鮮明的電光令我眼花撩亂，照亮了湖水，湖面變得宛如一片火海；接著，有一瞬間似乎一片漆黑，直到眼睛由先前閃電的強光恢復。瑞士的暴風雨似乎總像是一瞬間便籠罩整個天際。最猛烈的風暴盤懸在城鎮北方，在貝勒里夫岬和科佩村之間的那塊湖區上。另一團風暴以微弱的電光照亮了侏儸山，還有一團讓湖東方尖凸的莫耳山忽隱忽現。

我望著美麗駭人的暴風雨，繼續踩著匆促的腳步遊蕩。天上壯觀的大戰讓我心情一振；我合掌高呼：「威廉，親愛的天使！這是你的喪禮，是你的輓歌！」我說話的同時，察覺附近一處樹叢後有個昏暗的影子稍稍逼近我；我文

* 典出拜倫的詩作〈恰爾德・哈洛德的朝聖之旅〉（Childe Harold's Pilgrimage），詩中以此描述阿爾卑斯山。

風不動，仔細凝視——不會錯的。一道閃電照亮了那個身影，他的輪廓清晰顯現；看到他龐然的身形，不屬於人類的恐怖畸形樣貌，我立刻明白那正是我賦與生命的怪物，那個噁心的惡魔。他怎會在這裡？他會是殺死我弟弟的真凶嗎？這想法令我不寒而慄。我腦中才浮現這念頭，便深信不疑；我的牙齒打顫，不得不靠著樹支撐身子。那個身影迅速經過我身旁，我在昏暗中追丟了他的去向。人類不可能對那樣可愛的孩子下毒手。凶手就是他！我深信不疑，他的出現正是無法駁斥的證據。我考慮追捕那名惡魔，但勢必徒勞無功；另一陣閃電亮起，我瞥見他已停駐在環繞普蘭帕雷南方，薩雷夫峰山丘幾呈垂直的山壁岩石上。他很快爬到山巔，消失無蹤。

我依然沒動彈。雷電停了，但仍下著雨，周遭籠罩著伸手不見五指的黑暗。我在腦中反覆思索之前一直努力忘卻的那些事——我創造出那生命之前一連串的過程、我創造的成果出現在我床邊，以及他離開時的情景。距離他得到生命的那一夜，已幾乎過了兩年；這會是他所犯下的第一樁罪行嗎？天啊！我將一個邪惡的怪物縱放到這個世上，他以殘殺與帶來苦難為樂；難道不是他殺害了我的弟弟？

那一晚，沒人能想像我多麼痛苦。我又濕又冷地睡在戶外，但我對天候造成的不適渾然不覺；我忙著想像邪惡與絕望的情境。我想著我縱放到人世間的生物，我賦與了他意志與力量，而他卻做出像這樣的駭人之舉，宛如我所化身的吸血鬼、我的亡靈爬出了墳墓，威脅著摧毀我珍愛的一切。

黎明降臨，我朝城裡走去。城門開了，我加快腳步回到家中。我最初的念頭是揭露我知道凶手的身分，並迅速派人前去追捕。但想起得解釋前因後果，我猶豫了。是我創造了他，賦與他生命，並且在午夜裡看到他現身於難以通行的高山絕壁上。我也記起我創造他之後患了神經性熱病，這個事實會讓這不可思議的故事顯得像錯亂中的胡言亂語。我知道如果別人向我敘述那樣的事，我也會當那是神智不正常的人所說的瘋話。何況，即使我能說服親友們追捕他，那生物也能藉著他特異的能力躲過任何追捕。那麼追捕他又有何用？那生物能爬上薩雷夫峰的垂直山壁，誰還抓得了他？做了這些考量後，我下了決定：我打算保持沉默。

我約莫在清晨五點跨進家門。我要僕人別驚擾家人，然後進了書房，等待他們平日晨起的時刻到來。

六年的歲月溜走了，在一段夢境中流逝，只留下一道無法抹滅的痕跡。我現在所站的位置，正是離家前往因格施塔特前和父親相擁的地方。我所敬愛的父親，他還沒離開我們！我凝視著壁爐架上母親的畫像。畫像按家父的意思，畫的是母親多年前的經歷──凱洛琳．博福特在痛苦絕望中跪在亡父的棺木旁。她衣著樸素，雙頰蒼白，但卻有股美麗尊嚴的氣質，幾乎不容人心生憐憫。畫下方有一張威廉的小畫像；我看著那張小畫像，淚水泉湧。這時恩奈斯特進了書房；他聽見我進門的聲音，因此匆匆來迎接。「親愛的維克托，歡迎回家，」他說，「唉！如果你三個月前回來，就能看到我們快樂無憂的樣子。現在回來，卻得與我們分擔什麼也無法挽回的不幸；不過，不幸壓垮了我們的父親，有你在，希望能讓他恢復生氣；希望你能勸可憐的伊莉莎白別再傷心徒勞地自責。──可憐的威廉！他是我們的心肝、我們的驕傲！」

我弟弟眼裡不住流下淚水，一股劇烈的痛苦蔓延我全身。之前，我只能想像我淒涼的家是什麼悲慘景況，但我見到的現實卻是截然不同但不亞於想像的災難。我安慰著恩奈斯特，更仔細地問起父親的情況，還有我稱為表妹的她。

「我們之中，她最需要安慰，」恩奈斯特說，「她把弟弟的死歸咎在自己身上，因此悲痛不已。但找到凶手之後——」

「找到凶手了！老天啊！怎麼可能？誰追得上他？不可能；要抓住他，就像抓住雲霧，或是用麥桿阻擋山澗。我也看到他了；他昨晚還逍遙在外！」

「我不懂你在說什麼，」我弟弟語帶納悶地說，「但對我們來說，發現凶手的身分是雪上加霜。一開始誰也不相信；即使現在有了種種證據，伊莉莎白仍不肯接受。說實在，賈絲婷．莫里茲那麼親切，那麼喜愛我們家人，誰會相信她會突然做出那麼令人髮指的惡行？」

「賈絲婷．莫里茲！可憐的女孩，她被指控是凶手嗎？但誰都知道那樣不對，恩奈斯特，應該不會有人相信吧？」

「一開始的確沒人相信，但後來發現了一些間接證據，幾乎讓我們不得不相信。而她從意外發生後始終顯得很慌亂，因此讓證據更有分量，恐怕不容懷疑了。她今天要接受審判，到時你就會聽到一切細節。」

接著他說發現威廉遇害的那天早上，賈絲婷生了病，之後還臥病在床幾天。在這段期間，有個僕人正巧檢查了凶殺案那晚她穿的衣物，在她的口袋裡發現我們母親的畫像，也就是之前判斷為殺人動機的那項物品。那個僕人立刻拿給另一個僕人，那人沒對家中任何人提起，便直接去找了治安法官，法官便依據他們的證詞，逮捕了賈絲婷。可憐的女孩被控殺害威廉，她極為慌亂的模樣大大證實了嫌疑。

這故事聽來不尋常，但我的信念並未動搖。我急切地回答：「你們都錯了，我知道凶手是誰。賈絲婷啊，可憐善良的賈絲婷，她是無辜的。」

這時家父進了書房。我注意到他滿面憂愁，但他努力擺出愉快的神態迎接我。我們互相悼慰之後，原來打算別再談這樁不幸，換個話題聊點其他的事，恩奈斯特卻叫道：「天啊，爸爸！維克托說他知道是誰殺了可憐的威廉。」

「不幸的是，我們也知道了，」家父答道，「我寧可永遠被矇在鼓裡，也不想得知我如此看重的人竟這麼墮落、不知感激。」

「親愛的父親，您錯了；賈絲婷是無辜的。」

「如果她是無辜的，那上天就不會讓她遭到誣判。她今天要受審，我由衷希望她被宣告無罪。」

這番話安撫了我。我心中堅信犯下這樁罪行的真凶不是賈絲婷，也不是任何人類，因此我不擔心任何間接證據足以將她定罪。我的故事太驚世駭俗，不能公開，以免一般大眾視之為瘋狂。除了我這個創造者，除非被理智說服，否則誰會相信世上居然有事物能體現假設與輕率的無知，而將之縱放到世間的就是我。

伊莉莎白不久便加入了我們。上次見到她之後，歲月已改變了她，給予她更勝幼年美貌的迷人氣質。從前的率真仍在，活力也在，但她的神情中又添了一絲感性與聰慧。她情感激動地迎接我。「親愛的表哥，」她說，「你回來，我充滿了希望。你或許能想辦法證明我可憐無辜的賈絲婷無罪。唉！如果她被判有罪，還有誰是安全的？我相信她和我一樣清清白白。我們的不幸更加倍了；我們不只失去親愛可人的男孩，我真心喜愛的可憐女孩還要被更殘酷的命運奪走。如果她被判有罪，我將永遠不再喜悅。但她不會被定罪，我相信一定不會；那麼即使我為小威廉的死而哀悼，我仍然會感到欣慰。」

「親愛的伊莉莎白，她是無辜的，」我說，「一定會證明她的清白。別擔心，開心起來吧！她一定會無罪開釋。」

「你真善良，真寬厚！其他人全都相信她有罪，我好難過，我知道她不可能是凶手。看著其他人一味抱著偏見，我真絕望灰心，」她流著淚說。

「親愛的外甥女，」家父說，「擦乾妳的淚。如果她如妳所說真的無辜，那就信賴我們的法律能主持公道，也相信我將以行動阻止任何的偏袒不公。」

8

我們在悲傷中度過了幾小時，等待十一點開庭審判。家父與家中其他成員有義務出席作證，我便陪同他們一起去法庭。整個審判過程惡劣地踐踏了公平正義，讓我飽受折磨。審判將決定我的好奇心與非法創造的產物，是否將害死我的兩個同胞——一個是天真喜悅的孩子，另一個則是遭受更慘忍的極刑，而且不名譽更將使這樁慘案留下更加駭人的記憶。賈絲婷也是個優秀的女孩，她的美德應當能讓她過著幸福的日子；這下一切都將被埋沒在不名譽的墳墓中，而我是罪魁禍首！我寧可承認是我犯下賈絲婷被加諸的罪行，但罪行發生時我並不在場，這麼說只會被視為瘋子的胡言亂語，因我而受苦的人仍然無法開脫。

賈絲婷神色平靜。她身穿喪服，而她向來迷人的神態因為她懷著肅穆的心情更顯得美麗超凡。她表現得對自己的無辜信心滿滿，雖然受到數千人注目、非難，卻沒有顫抖。她的美貌原本可能激起的善意，全因旁觀者想像她犯下了滔天大罪而被抹煞。她很鎮靜，但這顯然是逼不得已的表現；她先前表現出的煩亂被視為有罪的證據，因此她強自振作，裝出勇敢的模樣。她進入法庭時掃視席間，立刻發現我們坐的位置。她看到我們，淚水似乎模糊了她的眼睛，但她隨即恢復自制，憂傷深情的眼神似乎證實她清白無辜。

審判開始，在檢方誦讀罪名之後，傳喚了幾名證人。幾項不尋常的事實連連對她不利，不像我一樣有證據能證實她無罪的人，很難不信心動搖。謀殺案發生的那整晚她都不在家，接近早晨時，一名市場女攤販看見她出現在發現遇害孩子屍體的地方不遠處。女人問她在那裡做什麼，但她神色異常，回答也語無倫次。她約在八點時返家，有人問起她在哪裡過夜，她回答在找孩子，並且急切地詢問有沒有關於他的任何消息。她看到屍體時，陷入極端的歇斯底里，一連病了幾天。接著呈上僕人在她口袋找到的畫像，然後伊莉莎白聲音顫抖地證實，那正是威廉失蹤前一小時她為他戴在頸子上的畫像，於是一陣震驚憤慨的低語傳遍法庭。

接著傳喚賈絲婷為自己辯護。隨著審判進行，她的表情變了。她臉上露出錯愕、駭然、悲淒的神情。有時她強忍淚水，但要她答辯時，她振作起來，回答的聲音清晰，但時強時弱。

「上天有眼，我清白無罪，」她說，「但我不會自欺欺人，認為我的抗辯足以讓我無罪開釋。我的清白全賴於指控我的事實有個簡單明瞭的解釋，而我希望我向來所秉持的人格，足以讓庭上在任何間接證據看似可疑或不可信之時，願意做出比較有利的解釋。」

接著她說起案發那一晚，伊莉莎白允許她去距離日內瓦約一里格的謝納村的姨母家度過傍晚。她在返家途中約晚上九點時，遇到一名男子問她是否有看到失蹤的男孩。她憂心忡忡，花了幾個小時找男孩，日內瓦城門關上之後，她被迫在一間農舍的穀倉裡過夜幾個小時，她與農舍人家熟識，因此不願吵醒他們。她在穀倉時幾乎整夜都在注意周遭的狀況，但天快亮的時候，她覺得自己睡了幾分鐘，之後就被腳步聲驚醒。黎明已至，她離開藏身處，繼續尋找我的弟弟。即使她曾經過他遺體所在之處，她也並不知情。市場女攤販詢問她時，她表現慌亂也是在所難免，因為她一夜無眠，還不確定可憐的威廉命運如何。至於畫像，她無法解釋。

「我知道這個間接證據對我極為不利，」悲慘的受害者說，「但我無法解釋；我對此一無所知，只能猜測可能是別人放在我口袋裡。但這樣也說不通。

我相信我在這世上沒有敵人，應該不會有人這麼邪惡，毫無道理要毀了我。是兇手放的嗎？據我所知，兇手並沒有機會；即使有，他為何偷了首飾，卻那麼快丟下呢？

「我將理由交由庭上裁決，但我看不出自己有什麼希望。我請求傳喚證人詢問我的人格，如果他們的證詞無法推翻我被控犯下的罪，即使我發誓自己清清白白，我仍將被判有罪。」

接著傳喚了幾位認識她多年的證人，他們平時對她多有稱讚；但他們認定她犯了罪，並且因為對這樁犯行心懷恐懼與怨恨，不敢也不願上前。以賈絲婷完美的性情與端正的行止為證，是最後的希望，伊莉莎白眼見這辦法也將讓被告失望，於是她雖然焦慮不已，仍要求向庭上陳述。

「我是不幸遇害的孩子的表姊，」她說，「或許說是他姊姊更恰當。我早在他出生之前，就和他父母住在一起，受他的父母養育。因此我出庭作證或許不適當，但眼見一個同胞將因為她虛情假意的友人礙於怯懦而即將送命，我希望能被容許發言，說出我對她為人的了解。我和被告素來熟識。我和她同住在一個屋簷下，一次長達五年，另一次則將近兩年。在這些日子裡，我覺得她是世上最親切、最善良的人。她在我舅母法蘭肯斯坦夫人病危時關懷用心地照顧她，之後又在她母親罹患重病時照顧了母親，她的態度讓認識她的人都對她敬佩不已，後來她又回到我舅舅家，受全家人喜愛。她和過世的男孩有深厚的情感，待他宛如最慈愛的母親。我個人會毫不遲疑地說，即使看到不利於她的種種證據，我仍全心相信她清白無辜。她沒有動機做出那種事，至於作為主要證據的那個廉價首飾，如果她真心想要，我如此尊重而珍視她，一定願意送給她。」

伊莉莎白簡單但強烈的訴求引起喃喃的讚許，但眾人稱讚的並非可憐的賈絲婷，而是伊莉莎白無私地挺身而出；這下子公眾對賈絲婷更為憤慨了，認為她忘恩負義，惡劣至極。伊莉莎白發言時，她流著淚，但沒回話。整場審判中，我焦慮痛苦至極。我相信她無辜；我清楚得很。我毫不懷疑是那個惡魔殺害了我弟弟，會是他惡意讓無辜的人失去清白與性命嗎？我無法承受我恐怖的處境，當我感覺群眾的聲音和法官的神情已經將我不幸的犧牲者定了罪，我痛苦地跑出法院。被告受的折磨無法與我的折磨相提並論；她尚且無辜，但悔憾的獠牙卻撕扯著我的心口，緊咬不放。

我在苦痛中度過一夜。隔天早上，我去了法院；我的嘴脣喉嚨焦渴無比。我不敢問關鍵的問題，但法院的官員認識我，猜到我的來意，於是告訴我結果。陪審團已經完成投票了：箱裡全是黑球，賈絲婷被判有罪。

我無法描述當時的感受。我曾經經歷恐怖，能以適當的辭彙描述那樣的感覺，但言語卻無法表達我當時所承受的心痛與絕望。和我說話的那人還說，賈絲婷已經認罪了。他說：「案情這麼明顯，就算沒有她的口供也無所謂，但我還是很高興她認罪了。說實在，我們的法官都不願意用間接證據來定犯人的罪，儘管那證據是如此具說服力。」

這奇怪的消息出人意料；這是什麼意思？我的雙眼矇騙了我嗎？我是否真的那麼瘋狂，就像我如果透露自己懷疑的凶手時，世人都會相信我瘋了一樣？我匆忙回家，伊莉莎白急於知道審判結果。

「表妹啊，」我答道，「就如同妳或許已經料到的，所有法官都寧可錯殺十人也不肯放過一個罪犯。但她認罪了。」

可憐的伊莉莎白一直深信賈絲婷無辜，這下深受打擊。「天啊！」她說，「這叫我如何再相信人性的善良？賈絲婷，我把她當妹妹一樣愛惜敬重，她怎麼能掛著無辜的微笑卻背叛我？她溫和的眼神似乎顯示她做不出任何奸險的事，沒想到她卻殺了人。」

不久之後，我們得知可憐的被告表示想見我的表妹。家父希望她別去，但仍交由她依自己的感受和判斷決定。「好，」伊莉莎白說，「雖然她有罪，我還是去吧。不過，維克托，你陪我去，我沒辦法單獨前往。」我想到要探視賈絲婷就苦惱，但我無法拒絕。

我們進入昏暗的牢房，看著賈絲婷坐在另一端稀疏的乾草上；她雙手銬著手銬，頭靠在膝上。她看我們進去，便站起身，旁人離開之後，她便撲倒在伊莉莎白腳邊悲泣了。我的表妹也哭了。

「噢，賈絲婷！」她說，「妳為什麼要奪走我最後的慰藉？我相信妳無辜，我原先雖然很痛苦，卻不如現在可悲。」

「妳也覺得我那麼邪惡嗎？妳也和我的敵人一起打擊我，譴責我殺了人？」她泣不成聲地說。

「起來吧，可憐的女孩，」伊莉莎白說，「如果妳是無辜的，為什麼要跪下？我不是妳的敵人。即使看到種種證據，我還是相信妳無辜，直到聽見妳自己認了罪，而妳卻說那不是真的。親愛的賈絲婷，我保證，除了妳的自白，沒有什麼能動搖我對妳的信心。」

「我的確招供了，但我招供的是謊言。我認罪，是為了能得到赦免，但現在壓在我心頭的這個謊言，卻比我其他的罪孽更加沉重。願天主寬恕！我被判有罪後，聽我告解的神父就一再恐嚇我，他威脅又脅迫，直到我開始覺得自己或許就是他口中所說的怪物。他威脅如果我繼續執迷不悟，將把我逐出教會，而我最後的時刻將受地獄之火灼身。親愛的小姐，沒有人支持我，大家都視我為悲慘之人，將名譽掃地，萬劫不復。我還能怎麼辦？在不幸的一刻，我承認了謊言，現在我真的悲慘淒涼了。」

她停頓下來，哭了一會兒，又說：「親愛的小姐，想到妳會相信妳的賈絲婷，妳在天的舅母如此看重而妳也深愛的賈絲婷，竟會犯下只有惡魔才可能犯下的罪行，我就感到害怕。親愛的威廉！天主賜福的寶貝孩子！我很快就會在天堂與你相見，我們會幸福快樂；我將名譽掃地，離開人世，唯獨想到能與他重逢，我才感到稍許安慰。」

「噢，賈絲婷！請原諒我居然對妳有片刻的懷疑。妳為什麼要招供？但親愛的女孩，別難過。別害怕。我會發表聲明，我會證明妳無辜。我會以我的淚水和祈禱融化妳敵人的鐵石心。妳不會死！妳是我的玩伴、我的同伴，也是我的姊妹，我怎能讓妳死在絞架上！不行！不行！發生那樣恐怖的不幸，我絕對活不下去。」

賈絲婷悲傷地搖頭。「我不怕死，」她說，「那痛苦已經過去了。天主帶走了我的軟弱，給了我承受最糟情況的勇氣。我將離開一個悲傷而殘酷的世界，只要妳能記著我，知道我遭到誤判，我就能接受等待著我的命運。親愛的小姐，學著我，耐心服從天意吧！」

她們交談的時候，我退到牢房一角，掩飾我內心的駭人悲痛。真教人絕望！但有誰敢說出來？可憐的受害者隔天就將越過生與死之間的可怕疆界，不再像我必須繼續感受那深沉強烈的悲苦。我咬牙切齒，從我的靈魂深處發出一聲呻吟。賈絲婷吃了一驚。她發現出聲的人是我，便走過來說：「親愛的先生，謝謝您好心來看我。希望您不會相信我有罪？」

我答不出話來。「對，賈絲婷，」伊莉莎白說，「他比我更堅信妳清白無辜，即使聽見妳認罪，他仍然不相信。」

「我真心感謝他。我由衷感激能在這最後的時刻，還能如此仁慈待我的人。對我這麼一個悲慘至極的人表達關愛，實在令人感動！這讓我的不幸減輕了大半。親愛的小姐，還有妳的表哥，有你們肯定我清白無辜，我想我能平靜地死去了。」

這受苦的可憐人竟然這麼安慰別人和自己。她的確認命了。而我這個真凶卻感到胸中有隻陰魂不散的蟲在鑽動，讓我無法說出任何能夠給她希望與慰藉的話語。伊莉莎白也悲傷地哭泣著，然而她的悲傷是無辜者的悲傷，像浮過月亮上的烏雲一時遮蔽月光，但無法永遠遮掩月亮的光華。痛苦與絕望探入我心深處；我心中有個地獄，是任何事物都無法消除的。我們陪著賈絲婷數小時，最後伊莉莎白才極為勉強地離開。她喊道：「真希望我能和妳一起死；我無法在這個悲慘的世界活下去了。」

賈絲婷強忍住淒涼的淚水，刻意裝出愉快的神色。她擁抱伊莉莎白，以壓抑不住情緒的聲音說：「親愛的小姐，親愛的伊莉莎白，我唯一珍愛的朋友，別了；願寬厚的上天祝福妳、保護妳；願這是最後一個折磨妳的不幸！活下去吧，妳要幸福，也要讓其他人幸福。」

翌日，賈絲婷死了。伊莉莎白發自肺腑的雄辯仍不足以說服法官改變他們對崇高受難者的判決。我慷慨激昂的上訴也徒勞無功。當我聽到他們冷酷的回答，聽到這些人嚴厲無情的推論時，我原先打算吐露的自白便消散在唇邊。就算我宣告自己是瘋子，也無法撤銷我可憐受害者被判的死刑。最後她以殺人犯的身分枉死在絞架上！

我的心飽受折磨，但我轉而思考伊莉莎白承受了多麼深切而無言的悲慟。那也是我的錯！還有家父的苦惱，以及不久前充滿歡笑的家變得如此淒涼，一切都是我備受詛咒的雙手所造成！悲傷的家人啊，你們哭泣了，但這不會是你們最後的淚水！你們將再次為死者嚎哭，讓人們聽到一次又一次的哀歌！法蘭肯斯坦，你的兒子、你們的親人、你們摯愛的朋友，他願為你們流盡每一滴寶貴的血，除非你們親愛的面容露出喜悅，否則他不會感到快樂，也不再會有快樂的念頭，而他會讓你們籠罩於幸福中，窮他一生服侍你們——然而他卻讓你們哭泣，流下無數的淚水。如果這種無情的命運終能結束，如果毀滅能在你們被折磨得入土之前中止，他將得到他夢寐以求的喜悅！

我先知似的靈魂一面這麼訴說，一面被悔憾、恐懼及絕望撕扯著的同時，我看到我愛的人們在威廉與賈絲婷的墳前枉然地悲傷著。他們兩人率先因我邪惡的創造物而不幸犧牲。

9

人類心靈最大的痛苦，莫過於在感情被接連發生的事件激起之後，那種繼之而來奪去心靈的希望與恐懼的死寂與必然。

賈絲婷死了，安息了，而我仍活著。血液在我的血脈裡沒有阻礙地流動，但絕望懊悔的擔子卻壓在我心頭，什麼也無法消除。我無法闔眼，像個幽靈似地四處徘徊，因為我犯下了難以言喻的駭人罪行，而我告訴自己，之後還會有別的、更多的惡事發生。但我的心中其實充滿善意與對美德的愛好。我與生俱來一顆善心，渴望有朝一日能夠付諸實踐，並且對人類有所奉獻。如今一切都毀了；如果良心平靜，我應該還能滿足地回顧過去，對未來抱著新的希望，然而我被悔恨與內疚糾纏，墜入言語無法形容的極端痛苦深淵之中。

這樣的心境奪去了我的健康，而我或許從來不曾從最初的震驚中恢復。我畏於見人；一切喜悅或滿足的聲音都折磨著我；我只能由孤獨中得到安慰——而且是黑暗、深沉、死亡般的孤獨。

家父察覺我的性情與習性改變，看了心痛；他藉著從自身無愧於天地的良知與毫無汙點的人生所得出的論點，堅毅地激勵著我，以喚醒我心中的勇氣來驅散籠罩我的陰霾。「維克托，」他說，「你以為我不像你一樣深受折磨嗎？我對你弟弟的愛勝過任何人對孩子的愛，」說著，他眼中泛起淚光，「但活下來的人，也有責任避免無節制的悲傷放大他們的不幸，不是嗎？這也是你對自己的責任，因為過度的悲痛會扼止進步與喜悅，甚至讓人無法履行每日的義務，做不到這一點，便無法在社會立足。」

這番勸告雖然立意良善，卻完全不適用於我的狀況。要不是悔憾混雜著諷刺，驚駭混雜著不安，加諸其他種種情緒，我應該先掩飾自己的悲傷，安慰我的親友。這會兒，我只能以沮喪的眼神回應家父，盡量別讓他看見我。

大約這段期間，我們回到貝勒里夫的房子隱居。這樣的改變很適合。從前城門總在十點關閉，之後便無法待在湖邊，我因此厭倦了住在日內瓦城牆內的日子。這下子，我自由了。家中其他成員回房休息之後，我時常駕船出去，在湖上度過數個小時。有時我揚帆讓風帶著我；有時我划到湖中央，讓船自由漂流，自己則陷入愁思。當周遭一片靜謐，而我是那片美麗超凡的風景中唯一不安躁動的漫遊者——除了蝙蝠，或是我在靠岸時才會聽見叫聲斷續刺耳的青蛙之外——這時，我常會有投入平靜湖面的衝動，讓湖水永遠淹沒我以及我的不幸。我想起堅強而悲痛的伊莉莎白，才忍住衝動；我深愛著她，而她的命運與我的緊緊相繫。我也想起父親和仍在世的弟弟。我將惡魔縱放到他們身旁，怎能自私地拋下一切，讓他們毫無防備地面對那惡魔的惡意？

那些時刻，我悲苦地流淚，而我希望我的心靈重拾平靜，讓我能安慰他們，給他們快樂。但終究徒然。悔憾掩熄了所有希望。我造成了無法彌補的邪惡，日日活在恐懼之中，生怕我所創造的怪物會犯下新的惡行。我隱約覺得事情尚未結束，他還會犯下某種滔天大罪，其嚴重性幾乎足以超越過去的恐怖記憶。只要我所愛的人還活在世上，我就有理由感到恐懼。沒人能理解我對這惡魔深惡痛絕。我想起他便咬牙切齒，雙眼冒出怒火，熱切希望毀滅我魯莽賦與的生命。只要想起他犯的罪、想起他多麼狠毒，我便會燃起強烈的恨意與復仇之心。如果我能將他從安地斯山山巔推向山底，我願意攀上安地斯山的最高峰。我想再見到他，這樣我或許就能將最強烈的憎惡發洩在他頭上，替威廉和賈絲婷之死復仇。

我們舉家哀悼。那段期間所發生的駭人事件讓家父的健康嚴重惡化。伊莉莎白憂愁沮喪；她不再能懷著愉悅的心情做日常瑣事；她總覺得任何喜悅都是對死者的褻瀆；她當時覺得，她能夠獻給無辜被害者的，只有永恆的苦痛與淚水。她不再是幼時和我在湖岸漫步，忘我地談著未來的無憂人兒。那一連串讓我們與世隔絕的悲淒事件開始侵襲她，她因為受到影響而失去了珍貴的笑容。

「親愛的表哥，」她說，「只要想到賈絲婷悲慘地死去，我就無法再以過去的眼光來看待這個世界和它的傑作了。我過去總把從書裡讀到或聽到的惡行和不公不義，當成是古代的傳說或杜撰的惡行，至少那些事感覺起來很遙遠，雖然聽過、看似理解，但無法想像。但如今慘事發生在家中，人在我眼裡都成了互殘嗜血的怪物。但我這樣想顯然不公平。誰都相信那可憐的女孩有罪；如果她做得出令她痛苦的罪行，她當然是最墮落的人類。為了那麼點珠寶，殺害恩人和朋友的孩子，而且是自出生就讓她照顧的孩子，她似乎視如己出疼愛的孩子！我不贊同殺死任何人，但換作是我，一定也覺得那樣的人不該活在人類社會中。然而，她是無辜的。我知道，我覺得她是無辜的；你的看法和我一樣，因此讓我更加肯定自己的看法。唉！維克托，如果虛假與真實如此難辨，誰還相信自己能得到幸福？我覺得我好似走在懸崖邊，而數千人湧向崖邊，意圖將我推入深淵。威廉和賈絲婷遇害了，兇手卻逍遙法外；他自由在這世上來去，或許還受人尊敬。但就算我因為同樣的罪名被判絞刑，我也不願當那種敗類。」

我悲痛欲絕地聽著這番談話。我雖然沒親手殺人，卻是真正的兇手。伊莉莎白從我臉上看出我內心的痛苦，於是善良地牽起我的手說：「親愛的朋友，請你務必冷靜下來。天知道這些事件對我的影響有多麼深，但我還不如你悲慘。你臉上那絕望的表情，有時還帶著一心想復仇的神情，令我不寒而慄。親愛的維克托，忘了那些黑暗的狂熱吧。要記得你身邊的朋友都將希望寄託在你身上。我們失去讓你快樂的力量了嗎？啊！在這平靜美麗的地方，在你的家鄉，我們彼此相愛，真誠相待，便能得到寧靜的祝福——那麼還有什麼能打擾我們的平靜？」

她對我而言，比任何財富更寶貴，而她的這些話難道不足以驅走縈繞我心的魔鬼嗎？她說話時，我靠向她，像是深怕兇手在這一刻將她由我身邊奪走。

就這樣，無論是溫柔的友情或天地的美景，都無法讓我的靈魂脫離悲傷；就連愛的言語也毫無裨益。我被烏雲籠罩，沒有任何有益的影響得以穿透那片烏雲。我一如受傷的鹿，拖著麻痺的四肢來到不曾被踐踏的蕨叢，在那裡低頭看著穿過自己身上的箭支，等待死亡。

有時我能夠對抗淹沒我的絕望，但有時內心旋風般的激情又會讓我忍不住想藉由活動和改變環境，以舒緩那難以承受的感受。在一次這樣的情況下，我突然離家，走向附近阿爾卑斯山脈的谷地，希望在那景致的壯闊與永恆之中，忘卻自己與我生為凡人的短暫悲傷。我漫步的路徑朝夏穆尼山谷而去。我兒時常去那裡。六年過去了；我遭逢不幸，然而原始恆常的景色卻分毫未變。

我騎馬走完前半段的旅程。之後我租了騾子，騾子在崎嶇的路上走得比較穩，不容易瘸了腳。天氣宜人；當時大約正值八月中，賈絲婷幾乎過世兩個月了，那是我一切悲哀的淒慘開端。我深入阿爾韋峽谷時，心情的重擔減輕了不少。儼然的山巒與絕壁在我四周聳立，河流在岩石間奔流、瀑布騰落的水聲，在在訴說著宛如全能的天主一樣強大的力量——於是我不再恐懼，再也不會屈服於任何次於創造統御自然力的力量；那些自然力正展現著最駭人的形象。隨著我愈爬愈高，山谷愈加壯觀驚人。廢棄的城堡懸於松樹繁茂的高山上、阿爾韋的洶湧水流，處處可見農舍從樹林間冒出頭，形成獨特的美景。但宏偉的阿爾卑斯山讓這景色顯得更加雄偉。阿爾卑斯山白雪皚皚的頂峰傲視一切，彷彿屬於另一個世界，是另一個種族的居處。

我越過培利西耶橋，河流切出的深谷在我面前展開，我開始爬上巍然立於其上的山。不久我進入夏穆尼山谷。這座山谷更加壯麗神奇，卻不如我剛通過的塞瓦克斯那般美麗如畫。覆雪的高山就在一旁，但我沒再看到傾圮的城堡和肥沃的田地。巨大的冰河迫近路面；我聽見雪崩的聲音，看見雪崩路線上的雪塵。白朗峰，那座崇高宏偉的白朗峰，從環繞四周的尖峰之中拔起，龐然無朋的山巔俯視山谷。

這段旅程中，我時常感受到失落已久的激動喜悅。路上行經的一些彎道以及突然察覺或認出的一些新事物，讓我想起少年時期無憂喜樂的歲月。風呢喃的是撫慰的低語，自然之母讓我不再落淚。接著慈悲的力量失去作用——我又發覺自己受憂愁束縛，沉溺於愁思之中。我朝我的牲畜一踢，奮力前衝以忘卻這個世界和我的痛苦，更是忘卻自己——有時，我出於絕望，便跨下驢子撲倒在草地上，被恐懼與沮喪壓垮。

最後我來到了夏穆尼村。我身心俱疲，之後感到精疲力竭。我在窗邊待了片刻，看著白朗峰上明滅的白色閃電，傾聽下方阿爾韋峽谷中的激流奔騰。這些安撫人的聲音彷彿催眠曲，平撫了我太過敏銳的感官；我的頭靠上枕頭，睡意襲來；我感到睡意出現，由衷感謝帶給我遺忘的施予者。

10

隔天我在山谷中漫步。我站在阿爾韋儂河的源頭旁，水源來自一條從山頂緩緩下移，穿鑿了山谷的冰河。我面前是山巒的陡峭山壁，冰河的聳立冰牆，以及幾株四處散落斷裂的松樹；而大自然帝國這個富麗堂皇的謁見廳莊嚴靜默，只被翻騰的水流、巨大冰塊墜落的聲音、雷鳴般的雪崩聲，或累積的冰崩裂聲響打破，冰的崩裂聲沿著山巒回響，不變的法則默默作用下，那些冰時不時被拉裂、扯落，彷彿被那些法則玩弄在手中。這些壯觀迷人的景觀讓我得到最大的安慰，讓我由完全卑微的念頭中振作，雖然沒讓我不再難過，卻減緩平撫了悲傷。而且，這些景色多少讓我分了心，不再沉浸於前一個月纏繞我心的念頭。我夜裡回房休息，白天凝望的壯闊景象伴我入眠。那些景象縈繞在我四周：無瑕的覆雪山巔、映著光輝的峰頂、松樹林、光禿崎嶇的峽谷、雲朵間翱翔的老鷹，都聚在我身旁，讓我平靜。

然而隔天早上醒來時，它們都去了哪裡？一切鼓舞人心的事物都隨睡意而去，陰鬱的憂愁籠罩了每個念頭。外頭下著傾盆大雨，濃霧掩蓋了山頂，讓我無法看到那些偉大朋友的面容。但我仍穿透雲霧的面紗，試圖在朦朧的藏身處尋找他們。雨或暴風又算什麼？騾子已牽至門邊，我決定登上蒙坦弗特頂峰。我想起最初看到不斷推進的廣闊冰河，我的心靈受到怎樣的影響。當時我的心中充滿無比的狂喜，靈魂彷彿生了翅膀，從蒙昧的世界飛翔至光明與喜悅之中。自然壯麗而令人敬畏的景象的確一向能讓我心情平靜，使我忘記人生閃逝的煩憂。我很熟悉路徑，決定不帶嚮導，況且有別人在，就毀了景色孤寂莊嚴之感。

爬升的坡度陡峭，但短小的路徑不斷蜿蜒，藉此攀上近乎垂直的高山。這景色荒涼孤寂。處處都是雪崩的痕跡，樹木殘破倒伏，有些樹全毀，有些折彎了腰，靠著山坡凸出的岩石或橫過其他樹木。隨著愈爬愈高，小徑被雪溝截斷，石塊不斷從上方滾落；其中一處雪溝特別險惡，只要有些微聲響，例如大聲說話，空氣的震動就足以讓說話的人大禍臨頭。松樹不高，也不繁茂，但陰鬱的松樹讓這一景增添了靜謐的氣息。我眺望下方的谷地；大片霧氣自流過谷地的河面升起，團團環繞對面的山巒，那些山巒的頂峰也隱藏在一模一樣的雲霧之後，同時暗沉的天空落下大雨，加重了周圍景色予人的哀淒感受。唉！人類何苦吹噓自己的感性勝於禽獸，這樣只讓人類更身不由己。如果我們的衝動侷限於口渴、飢餓和欲望，我們或許是近乎自由的；然而吹起的風、偶然的文字，或那文字可能傳達的情景，卻都能觸動我們。

休息時，噩夢能毒害睡眠。
清醒時，雜念能破壞一日的情緒。
我們感覺、體會或思考；笑或哭，
沉溺於悲痛，或忘卻憂慮；
沒什麼不同——不論悲喜，
這些情感可能隨時消逝。
而明日絕不像昨日，
唯有無常是不變的道理。＊

＊ 出自瑪麗・雪萊夫婿，英國浪漫派詩人波西・雪萊（Percy Shelley）的詩〈無常〉（Mutibility）。

爬到坡頂時，接近中午。我坐在俯瞰一片冰海的岩石上好一會兒。一陣霧氣籠罩著冰海和周圍的群山。不久一陣微風吹散了雲霧，我下到冰河上。冰河表面凹凸不平，或像翻騰的海上波濤一樣隆起，或深陷，間或有深邃的裂隙。那片冰原約一里格寬，但我花了快兩小時才橫越。對面的山是幾近垂直的光禿岩壁。從我站的那一側看去，蒙坦弗特山就在正對面的一里格外，在它之上還聳立著壯麗威嚴的白朗峰。我繼續待在岩石上的凹處，望著這神奇而驚人的風景。那片冰之海，或該說是遼闊的冰河，在它棲居的群山之間蜿蜒前進，縹緲的山峰高聳在冰河的凹處上方。透過雲層的陽光照耀著晶亮的冰峰。我先前心中懷著悲傷，這時卻充滿類似喜悅的感受。我高喊：「漂泊的靈魂，若你的確在漂泊，沒在你的窄床上安息，就請允許我擁有這微薄的喜悅，或讓我成為你的同伴，遠離生命的喜悅。」

我這麼說著，突然看到一個人影從一段距離之外，以超乎凡人的速度衝來。我之前小心翼翼走過冰上的裂縫，他卻輕易地躍過；他靠近時，看得出身材也異於人類。我心慌意亂，視線模糊，感到暈眩，但山中的寒冷強風立刻讓我恢復清醒。那看來體型巨大駭人的人影靠近時，我發覺那正是我所創造的怪物。我憤怒又畏懼地顫抖，決心等他上前，和他奮力一搏。他靠近了；他面容流露著強烈的痛苦，以及輕蔑與怨恨，而他異常的醜惡令人無法卒睹。但我當時幾乎沒注意這點；一開始，我憤恨得完全說不出話，恢復之後，我便對他吐出充滿強烈憎惡與鄙視的言語。

「惡魔，」我喊道：「你敢靠近我？你不怕我的復仇之手，猛烈擊碎你卑鄙的頭顱嗎？滾吧，惡毒的鼠輩！要不就留下來，讓我將你踐踏為塵土！唉！真希望了結你可悲的生命，讓你殘忍謀害的犧牲者活過來！」

「我早知道會受到這樣的對待，」那惡魔說，「誰都痛恨悲慘的人；我的悲慘無與倫比，想必讓人痛恨至極！然而你啊，我的創造者，卻鄙視唾棄你所創造的我，只有你死或我亡才會解開我們之間的羈絆。你打算殺了我；你怎能這樣玩弄生命？如果你盡你對我的義務，我就完成我對你以及世上其他人類的義務。如果你答應我的條件，我將不再打擾你們；但如果你拒絕，我會大開殺戒，直到你其餘親友滿足我的嗜血欲望。」

「可惡的怪物！惡魔啊！以你犯下的罪，受地獄的折磨還便宜了你。悲哀的惡魔！你既然責怪我創造了你，那就來吧，讓我捻熄我粗心燃起的火花。」

我的怒火滔天，在足以殺害另一種生物的強烈情緒驅使下，我撲向他。他輕而易舉就避開我的攻勢，說道：

「冷靜點！在你將仇恨發洩在我身上之前，請聽我說。我受的苦難還不夠，你還想讓我更悲慘嗎？即使生命只是一連串痛苦的累積，對我而言仍然珍貴，我會捍衛我的生命。別忘了，你把我創造得比你自己強大；我比你高大，關節比你強健，但我不會受到誘惑而和你做對。你創造了我，只要你盡到你的義務——那是你欠我的——我甚至會溫馴服從賦與我生命的主人。噢，法蘭肯斯坦，我是你最應該公正、仁慈對待與愛護的對象，別對其他所有人公正，唯獨踐踏我。別忘了你創造了我；我該是你的亞當，但我更像墮落的天使，是你無故剝奪喜悅的人。我眼中見到的盡是喜樂，卻唯獨我絕對被排除在外。我善良親切，因為經歷悲傷而成為惡魔。讓我重拾快樂，我將再度展現美德。」

「快滾！我不會相信你的話。我們是敵人，你我沒有共同點。快滾，不然我們就來一較高下，不是你死就是我亡。」

「我該怎麼說才能打動你？我乞求你發揮善心與同情，但怎樣的懇求也無法讓你關愛地看一眼你的創造物嗎？法蘭肯斯坦，相信我，我是善良的；我的靈魂散發著愛與人性的光芒；但現在我孤零零的，寂寞悲淒，不是嗎？你雖創造我，卻厭惡我；而你的同類與我兩無相欠，我能對他們寄著什麼希望？他們唾棄我、憎恨我。荒涼的山巒和陰鬱的冰川是我的慰藉。我在這裡徘徊多日，只有我毫不畏懼冰凍的洞穴，我就住在那裡，那也是人類唯一不吝於讓我棲身之處。我向淒冷的天空致意，和你的同類比起來，它們對我更仁慈。如果眾多人類知道世上有我存在，他們會和你一樣拿起武器毀滅我。因此我難道不該痛恨那些厭惡我的人嗎？我不會和我的敵人交好。我悲慘至極，而他們也該體會一下我的不幸。但你有辦法補償我，拯救他們脫離邪惡；也唯有你能讓這邪惡如此壯大，最終不只你與你的家人，其他無數的人也將被邪惡的憤怒旋風吞噬。發揮你的同情心，別鄙視我。聽聽我的故事，聽過之後，再依照你的評斷，放棄我或憐憫我。但聽我一言。罪犯雖然殘酷，但按人類的法律，他們在判刑之前仍有權力替自己辯駁。法蘭肯斯坦，聽我說。你指控我殺了人，然而你卻打算毀掉自己的創作，而且心安理得。噢，人類永恆的正義萬歲！但請別不理會我；聽我說，等我說完，如果你仍然有此打算，而且下得了手，就毀了你創造的成果吧。」

我答道：「你為何要喚起我的記憶？想起那些讓我一想到就打哆嗦的事件，想起我是一切不幸的始作俑者？駭人的惡魔啊，我詛咒你最初見到陽光的那一日。雖然這樣等於是詛咒自己，但我仍要詛咒創造你的那雙手！你害我淒慘透頂，我無法思考我對你是否公正。快滾！別再讓我看到你可憎的身影。」

「我的創造者，這樣你就看不見了。」他說著伸出令人厭惡的手遮到我眼前，我奮力揮開。「這樣你就不用看見你所厭惡的景象，但你依舊能聽我說，同情我。我憑著我曾擁有的美德請求你，聽聽我的故事；我的故事又長又古怪，而這地方的溫度並不適合你嬌貴的知覺；來山後的小屋吧。太陽依然高掛天空，在太陽落下，藏到覆雪絕壁後方，照亮另一個世界以前，你會聽見我的故事，然後便能做出決定。我是否將永遠離開人類的世界，過著無害的生活，或成為你同類的禍害，迅速毀滅你，完全取決於你。」

他一邊這麼說，一邊領頭走過冰原；我跟著他。我內心澎湃，沒回答他的問題，但我邊走邊思考，衡量他的種種論點，決定至少聽聽他的故事。我會這麼做半是好奇，而憐憫之心更讓我確定決意。我之前一直認為他是謀害我弟弟的凶手，我渴望他確認或推翻我的想法。而我也頭一次感到創造者對創造物的責任，而且我應當讓他快樂，不該急於指責他邪惡。這些動機促使我答應他的要求。因此我們越過冰原，爬上對面的岩石。空氣寒冷，雨又再度落下；我們進入小屋時，這惡魔難掩興奮之色，我則心情沉重且意志消沉。但我同意聽他說，我坐到可憎的同伴生起的火旁，於是他說起他的故事。

11

「我好不容易才憶起我最初來到人世的時光，當時發生的一切都顯得模糊混淆。奇妙而紛雜的知覺襲向了我，我同時看見、聽見，也有了觸覺與嗅覺；而我確實是過了許久，才學會分辨各種感官的運作。我記得一道強光持續刺激我的神經，讓我不得不閉上雙眼。接著黑暗籠罩，令我不安，我應該又睜開了眼睛，光線因而再度映入眼簾時，我幾乎已感受不到黑暗所帶來的感受。

「我開始走動，接著我想應該向下走吧，但我立刻發現我的知覺有了巨大改變。之前我周圍都是黑暗模糊的物體，我看不出也摸不出它們是什麼；但這時我發現我能自由前進，所有障礙我都能避開或越過。光線愈來愈讓我感到壓迫，走動時的熱度也讓我疲憊，於是我找了能遮蔭的地方。那是位在因格施塔特附近的森林；我躺在一條溪邊恢復體力，直到我耐不住飢渴。我從近乎蟄伏的狀態醒來，吃了些樹上或地上找到的漿果。我在小溪解了渴，然後躺下來，陷入睡夢。

「我醒來時，一片黑暗；我覺得冷，而且因為發覺自己孤零零的，直覺地有點恐懼。我離開你的公寓之前，因為寒冷而裹上一些衣物，但這些衣物不足以抵禦夜晚的寒露。我是可憐無助又不幸的人；我什麼也不知道，什麼也無法分辨；只覺得痛苦的感覺從四面八方襲來，我坐下哭泣。

「不久，天上不知不覺泛起柔和的光，我感到愉快。我抬起頭，看到一個明亮的形體升到樹木之間。我驚歎地望著。那東西（就是月亮）移動緩慢，但照亮了我的路徑，於是我再次開始尋找漿果。我還覺得冷，在一棵樹下發現一件寬大的斗篷，我用斗篷裹住身子，坐到地上。我腦中沒有明確的念頭，一切都渾沌不明。我感覺到光線、飢渴還有黑暗；無數的聲音傳入我耳中，各種氣味也從四面八方飄來；我唯一能分辨的物體是明亮的月亮，而我愉快地注視著它。

「晝夜交替數次，以及夜晚的天體出現的時間明顯縮短之後，我開始能夠分辨各種感官。我逐漸能看清供我飲用的清澈溪水，以及用葉片為我遮蔭的樹木。第一次發現時常傳入我耳中的悅耳聲音，原來出自於長著翅膀、常常遮去我光線的小動物時，我開心不已。我也開始滿心好奇地觀察周遭的形影，觀察籠罩我上方那片燦爛天頂的邊際。有時我試著模仿小鳥發出的悅耳聲音，但卻做不到。有時我想以我自己的方式表達我的感覺，但我發出的聲音古怪含糊，嚇得我又安靜下來。

「夜裡的月亮消失了，之後又以稍小的形狀出現。我依舊待在森林，這時我的知覺已經變得清晰，我的頭腦每天都接收到新的概念。我的眼睛習慣了光，也看得到物體清楚的形狀；我能區分蟲草，然後逐漸能分辨不同的草類。我發現麻雀只會發出刺耳的聲音，烏鶇和畫眉鳥的聲音則甜美迷人。

「一天，我受寒冷所苦之時，發現流浪乞丐留下的火，溫暖的感覺讓我欣喜若狂。我高興得把手探入燃燒的餘火中，立刻痛得縮手。我心想，真奇怪，同樣的東西居然會造成如此截然不同的效果！我研究著火是如何生成，開心地發現木頭是生火的要件。我很快收集了一些樹枝，但枝條很潮濕，無法燃燒起來。我苦惱地坐下，看著火焰燃燒。我放在熱源旁邊的濕木頭乾了，終於也起火燃燒。我思索著，摸摸不同的樹枝，發現了原因，於是著手收集大量的木頭，心想只要將它們烤乾，我就能擁有充足的火源了。夜晚降臨，帶來了睡意，我深怕火會熄滅，於是小心地放上乾木材和枯葉，並將濕樹枝覆在上面；之後我將斗篷鋪在地上，墜入夢鄉。

「我醒來時已是早晨，第一個念頭就是去檢查火的狀況。我揭開覆蓋其上的樹枝，一陣微風立刻讓餘燼燃起火焰。我發現這個現象，於是拿了些樹枝當扇子，將幾乎快熄滅的餘燼搧起。夜晚再次降臨，我欣喜地發現火也會發光，而且發現這個元素對處理食物也有利，因為我找到旅人留下的一些殘餘食物，食物烤過了，嘗起來比我在林子裡收集到的漿果美味不少。因此我嘗試如此處理我的食物，將食物放在燃燒的餘燼上。我發現漿果經過火烤就難以入口了，但堅果和根莖類卻更加美味。

「但食物日漸稀少，我常常耗費整天的時間尋找些許橡實以緩解難受的飢餓，卻徒勞無功。發現這情況，我決定離開原先居住的地方，尋找比較容易滿足我些許需求的地方。火是意外而得，我不知道怎麼再把火變出來，因此這次移居，我很惋惜失去了火。我花了數小時認真思考這個問題，最後不得不放棄火源。我裹著斗篷，朝著落日穿過林子。我如此漫無目的地走了三天，最後發現一片開闊的鄉間。前一晚下了一場大雪，田野雪白一片；景色寂寥，而且我發現覆蓋地上的濕冷東西凍僵了我的腳。

「當時約早上七點，我急著尋找食物和棲身處；最後我在一處高地上發現一間小屋，顯然是某個牧羊人為了方便而建的。我從沒見過這種屋子，滿心好奇地觀察它的構造。我發現門開著，就走進去。裡頭的火旁坐著一個老人，他正在用火準備早餐。他聽到聲音便轉身，一看到我就放聲尖叫，逃出小屋，以超乎他羸弱外表所能的速度逃過田野。他的外表和我見過的人都不同，他逃跑的舉動也有些令我驚愕。但小屋的外觀讓我著迷，不僅雨雪無法穿透，地面也是乾燥的；那裡對我而言，就有如惡魔在飽受地獄火海折磨之後所見到的魔宮*一樣神聖美妙。我貪婪地吞下牧羊人吃剩的早餐，有麵包、起司、牛奶和酒；不過我不喜歡酒。吃完後，我捱不住疲憊，就躺到地上的乾草堆上睡著了。

「我醒來時已是中午時分，明亮的陽光照在雪白大地上，在暖意的驅使下，我決定繼續旅行。我將牧羊人剩下的早餐裝進我找到的一只袋子裡，接著花了數小時穿過田野，直到日落時分來到一座村莊。眼前的景象是多麼地神奇！小屋、乾淨的農舍、富麗堂皇的宅邸令我目不暇給。園子裡的蔬菜和一些農舍窗邊擱著的牛奶與乾酪勾起我的食慾。我走進其中最漂亮的一間房子，但我的腳才剛踏進門，孩子就驚聲尖叫，還有個女人昏倒了。全村驚動；有些人逃跑，有些人攻擊我，最後我被石頭和其他種種投擲武器打得渾身青紫，我只好逃到田野間，恐懼地躲進一間低矮簡陋的棚舍，它和我在村裡看到的宅邸相比，實在破敗許多。這間棚舍和一間乾淨漂亮的農舍相連，不過我記取了不久前的慘痛教訓，不敢走進農舍。我棲身的棚舍是由木頭搭建，高度很低，我在裡面勉強才能坐挺身子。地面是未鋪木板的泥土地，不過很乾燥；雖然風由無數的裂縫灌入棚舍，但我覺得它仍是躲避雨雪的宜人藏身處。

「於是，我便在這裡躺下，儘管處境悲慘，我卻很慶幸能夠在惡劣的季節裡，找到可以棲身以及逃離野蠻人類的避難所。

黎明降臨，我立刻爬出低矮的棚舍，以便能夠觀察相連的農舍，並且思考是否能夠繼續待在我找到的棲身處。棚舍貼在農舍後方，兩邊是豬舍和一池乾淨的水，只有一側是敞開的，我昨晚便是從那裡爬進去。我用石頭和木頭遮起可能曝露我身影的所有縫隙，但又可以隨時移開它們以便離開棚舍；我所需要的光線都來自豬舍，不過這樣已足夠了。

＊魔宮（Pandemonium），約翰・米爾頓（John Milton, 1608-1674）在《失樂園》（*Paradise Lost*）一書所創的名詞，是地獄裡撒旦和眾魔鬼的都城。

「如此布置了我的住處，並且在地面鋪上乾淨的乾草後，我遠遠瞧見一名男子的身影，於是躲了起來；我前一晚受到的對待仍歷歷在目，因此不敢信任對方。不過那天我先以偷來的一塊粗麵包果腹，我還拿了一個杯子，以便舀起流經我藏身處的清水，如此會比用手捧著喝更為方便。棚舍的地勢較高，因此能保持非常乾燥，而且由於棚舍靠近農舍的煙囪，所以還算溫暖。

「有了這樣的環境，我決定只要沒發生讓我改變主意的事，就待在這間棚舍裡。我先前住的荒涼森林裡，樹枝會滴下雨水，地面濕冷，這裡相較之下宛如天堂。我開心地吃了早餐，正要挪開一塊木板裝杯水，卻聽到腳步聲，我從一個狹窄的空隙看出去，瞧見一個年輕女子頂著一個桶子，從我的棚舍前走過。女孩青春年少，舉止文雅，和我所看到的其他村民與農家僕人氣質不同。但她衣著寒酸，只穿了一襲粗布藍裙和亞麻外套；她金黃的頭髮編成辮子，但沒有裝飾；她看起來很有耐心卻也顯得悲傷。她離開我的視線，過了約莫一刻鐘，她頂著桶子回來，桶子裡這時盛了些牛奶。桶子的負擔似乎絲毫沒妨礙她，她走過時，有個年輕男子和她會合，他的神態顯得更加沮喪。他只陰鬱地發出一些聲音，便接過女孩頭上的桶子，獨自走回農舍。她跟著走去，兩人便消失了。不久我又看到那個年輕男子，他手裡拿了些工具越過農舍後的田地；女孩也在忙碌，有時待在屋裡，有時在院子裡。

「我觀察我住的地方，發現農舍與棚舍相連的牆上先前有扇窗子，但已經用木板封起。一塊木板有個隱密的縫隙，剛好可以透過縫隙觀看。縫隙可以看到一間小房間，室內刷白，乾乾淨淨，但幾乎毫無家具擺設。房裡的一角生著小火，火旁坐了一個老人，鬱鬱寡歡地用手撐著頭。年輕女子忙著整理農舍；但過了不久，她從櫥櫃裡拿出一個東西，兩手忙不停，然後她坐到老人身旁，老人拿起一件樂器，奏出比歌鶇或夜鶯更悅耳的聲音。即使我這可憐的不幸之人從未見識任何美麗的事物，仍覺得這一幕很動人。農舍老人的銀髮和慈祥面容令我心生敬意，女孩溫柔的舉止則贏得了我的好感。他奏出甜美憂傷的曲調，我發現他和善的同伴聽了落淚，老人沒發現，直到她啜泣出聲；他發出了幾個音，那個美麗人兒放下工作，跪到他膝旁。他將她拉起朝她微笑，笑中的慈愛讓我有種奇妙而強烈的感受。不論是飢餓或寒冷、溫暖或食物，從未讓我有過痛苦與喜悅交雜的感受；我無法承受這些情緒，於是退開窗邊。

「不久，那個年輕人回來了，肩上扛著一捆柴。女孩在門邊迎接他，幫他卸下重負，將一些燃料搬進農舍，擱到火上；然後她和年輕人走到農舍一角，他給了她一大塊麵包和一塊乾酪，她似乎很開心，進園子裡採了些根莖類和植物，放進水裡，然後擱到火上。之後她繼續工作，年輕人則進園子，似乎忙著挖掘、拔起草根。如此忙了約一個小時，年輕女子來找他，他們一同進了農舍。

「在此同時，老人悶悶不樂，但他同伴出現時，他刻意表現得較為愉快，接著他們坐下開始吃東西。他們很快就用完這一餐。年輕女孩又開始整理農舍，老人讓年輕人攙扶著，走到農舍前曬了一會兒太陽。這兩個美好的人物形成美妙至極的對比。一個年老，有著銀髮，面容散發著善良慈愛；年輕的消瘦優雅，他的五官完美對稱，雙眼和神態卻傳達出無比的悲傷與沮喪。老人回到農舍，年輕人這次帶著和早晨不同的器具，走過田野。

「夜晚不久就降臨，我驚歎地發現這家人用了細蠟燭維持光亮，我很高興日落沒有終結我觀察鄰居的樂趣。晚上，年輕女子和她的同伴忙著一些我不明白的工作；老人再次拿出樂器，演奏出早晨時令我著迷的美妙聲音。老人一結束，就換年輕人開始，但他並不是奏樂，而是吐出平板的聲音，不像老人的樂器所奏出的和諧樂聲或鳥類的鳴唱；我後來才發覺他是在朗讀，但當時我不懂語言或文字的奧妙。

「這家人就這樣度過一段時間，然後便熄滅燈火，我猜是就寢去了。」

12

「我躺在我的乾草上，卻無法入眠。我想起白天發生的事。令我心動的主要是這些人的溫和舉止，我渴望加入他們，卻沒有勇氣。前一晚野蠻村民對待我的方式，我記憶猶新，我決定不論之後認為該怎麼做，至少目前會靜靜待在這個棚舍裡，觀察並努力理解影響他們行為的動機。

「隔天早上天沒亮，這家人就醒了。年輕女子整理農舍，準備食物，年輕人吃了第一餐之後就出門。

「這一天的例行事物也跟昨天一樣。年輕人一整天都出外工作，女孩則在家裡忙著各種辛苦的雜務。沒多久我發現老人看不見，他在空閒時不是演奏樂器，就是在沉思。兩個年輕人對他們德高望重的同伴敬愛有加。他們親暱地為他做任何小事，溫柔地孝順他，他則以慈愛的微笑作為回報。

「他們不太快樂。年輕人和他的同伴時常迴避，似乎是去暗自垂淚。我看不出他們不開心的原因，但我很在意。如果連那麼美好的人都過得悲慘，那麼我這個不完美又孤單的傢伙如此不幸，也不足為奇了。但為什麼這些溫柔的人會不快樂？他們有一間（在我看來）舒適的房子，還有種種享受；他們冷的時候有火可取暖，餓時有佳餚享用；他們穿著很好的衣服；更重要的是，他們有彼此為伴，可以交談，每天交流溫柔親暱的眼神。他們的淚水代表了什麼？那些淚真的是在表達痛苦嗎？我起初無法解開這些疑惑，但時間和持續的關注，終於讓我理解許多原先成謎的情況。

「過了很長的一段時間，我才發現這個可親家庭的一大憂慮——貧窮，而他們深受這種不幸所苦。他們的糧食完全來自他們菜園裡的蔬菜和唯一一頭乳牛的奶水，而牛在冬天產乳量很少，因為牠的主人幾乎找不到食物餵牠。我想他們常常挨餓，尤其是兩個年輕人，因為他們數次把食物放到老人面前，卻沒留任何食物給自己。

「這善良的表現深深感動了我。我在夜裡習慣偷他們的食物吃，發現那樣做會讓這些人受苦之後，我就不再偷食物，而是去在附近林子裡找漿果、堅果和根莖類果腹。

「我還發現我能藉著其他方法減輕他們的負擔。我發現年輕人每天得花不少時間為家中用火收集木柴，於是夜裡我常常拿著他的工具（我很快就明白工具的用途）出去，並且帶回足用數日的柴火。

「還記得我第一次帶回柴火時，年輕女子早上打開門，看到門外一大堆木柴時驚訝不已。她大聲說了些話，年輕人來到她身邊，也表現出驚訝之情。我開心地發現他那天沒到森林去，而是修理農舍，在園子裡耕作。

「我逐漸發現了更重大的事。我發現這些人能夠藉由發聲來傳達他們的經驗和感受。我發覺他們所說的話有時會誘發傾聽者在心中或表情上流露出喜悅或痛苦、微笑或悲傷。這實在是一門神聖的技術，我熱切希望熟習，但每次嘗試都深受挫折。他們發音很快，且所說的字句和任何看得到的物體沒有顯著的關聯，因此我毫無頭緒，無法解開言語指涉之謎。然而，我努力不懈，在棚舍裡度過數次的月亮圓缺之後，終於發現談話中幾個最熟悉的東西怎麼稱呼；我學會並懂得運用『火』、『牛奶』、『麵包』、『木柴』這些詞彙。我也知道了這家人的名字。年輕人和他的同伴都有幾個名字，但老人只有一個，叫作『父親』。女孩叫『妹妹』或『艾嘉莎』，年輕人則叫『費利克斯』、『哥哥』，或『兒子』。我終於學會了屬於那些聲音的意義，能夠發出那些聲音，我開心得無法言喻。我分辨出其他一些字彙，但當時還無法理解或運用，例如『好』、『親愛的』、『不快樂』。

「我如此度過了冬天。這家人溫柔的舉止和良善讓我愛極了他們；他們不開心時，我也覺得憂愁；他們喜悅時，我感同身受。我很少看到其他人，其他偶然進入農舍的人態度刻薄、舉止粗俗，更讓我相信我朋友們的教養優人一等。我發覺老人時常設法鼓舞他的孩子，因為有時我會聽到他要他們拋開憂慮。他會以輕鬆的口吻說話，臉上善良的表情連我看了都覺得愉快。艾嘉莎畢恭畢敬地聽著，眼中有時湧起淚水，她總會悄悄揩去不讓人發現；但我也發現她聽過父親勸告之後，她的神情跟語氣都會開心許多。但費利克斯卻不然。他總是三人之中最憂愁的，即使我愚鈍的感官也能察覺他似乎比他的親人更為苦惱。但即使他的面容更顯悲傷，說話的語調卻遠比他妹妹開朗，尤其是和老人交談的時候。

「我可以舉出不少例子，這些例子雖然無足輕重，卻能顯示這些親切居民的性情。費利克斯雖然身處貧窮匱乏之中，但他欣喜地將第一朵從雪地裡探出頭的白花帶給妹妹。大清早她還沒起床時，他就會清除擋在她去擠奶房路上的積雪，到井邊汲水，從外屋搬來木柴，而當他發現總有一雙看不見的手補滿外屋裡的木柴時，總是大感驚奇。我想白天他大概有時會幫附近的農夫做事，因為他常常直到晚餐時才返家，卻沒帶回木柴。其他時候，他在園子裡工作，但在大地被霜雪覆蓋的季節能做的事不多，所以他會朗讀書籍給老人和艾嘉莎聽。

「剛開始時，這個舉動令我大惑不解，但我逐漸發覺他在朗讀時，會發出許多和他說話時一樣的聲音。因此我推論他在紙上看到他能理解的發音符號，於是我一心也想了解那些符號；但我連那些發音都無法理解，怎麼可能了解那些發音符號呢？我全心投入，在這種能力上進步不少，但仍然不足以明白所有對話；我很明白雖然我渴望向農舍居民揭露自己的身分，然而在靈活運用他們的語言之前，我不該冒險，因為懂得語言，我才可能讓他們忽略我畸形的外表，而我天天目睹我們的差異，對這樣的狀況了然於心。

「我欣賞那家人的完美外表——他們的優雅、美麗和脫俗的外貌；但我在清澈的池子裡看到自己時，我真是嚇壞了！我起初吃驚地後退，無法相信水中反射的是我的影像；當我終於相信我真是這樣的怪物時，我心中充滿悲苦的沮喪與羞恥。唉！這可悲的醜陋面貌有什麼致命的影響，我那時還未完全明白。

「隨著陽光漸暖，白晝的日光變長，冰雪融化，我看到了光禿的樹木和黑色的土壤。從這時開始，費利克斯更忙碌了，令人心痛的飢饉跡象終於消失。之後我發現他們的食物雖然粗糙，但有益健康，而且分量充足。園子裡冒出幾種新的植物，他們取來烹煮；隨著季節推移，這些豐足的徵兆日日增加。

「我發現天上倒下水，就叫下雨；沒下雨的日子裡，老人在中午會在他兒子的攙扶下出外散步。起初常下雨，但強風很快吹乾大地，而季節漸漸變得更宜人了。

「我待在棚舍的生活一陳不變。早上，我就注意這家人的活動，等他們分散去做各種活動時，我就睡覺；白天的其餘時間我都在觀察我的朋友。等他們就寢時，如果有月亮或是星光照亮黑夜，我就進林子找自己的食物，為他們收集柴火。我回來之後，只要有需要，我就為他們清除路徑上的積雪，做之前看過費利克斯做的那些工作。之後我發現，這些由看不見的雙手所完成的事讓他們大感訝異。我有一兩次在那樣的時候聽見他們說出『善良的精靈』、『太好了』這樣的話，但我當時不明白這些話是什麼意思。

「我的思考變得比較靈活，渴望探索這些可愛人們的動機與感受。我很好奇費利克斯為什麼愁雲慘霧，艾嘉莎為什麼那麼悲傷。我覺得（真是愚蠢的傢伙！）我或許有能力讓這些可敬的人重拾歡笑。我睡著或外出的時候，眼前常冒出可敬的眼盲父親、溫柔的艾嘉莎和優秀的費利克斯的身影。我視他們為高尚的人，認為他們將主宰我未來的命運。我在腦中想像了千種我在他們面前現身以及他們歡迎我的景象。我想像他們最初會感到厭惡，但最後我會藉著溫和的態度和撫慰人心的話語，先贏得他們的接納，之後再贏得他們的愛。

「這些念頭令我開心，讓我又燃起學習語言的熱情。我的器官雖然粗糙，但還堪用；我的聲音雖然和他們輕柔悅耳的音調截然不同，但我卻能夠輕鬆發出我理解的字眼。這就像〈驢子和小狗〉的寓言故事；溫柔的驢子雖然粗魯，但充滿善意，應該值得受到比毆打和詛咒更好的對待吧。*

「春日舒服的陣雨和宜人的暖意，改變了大地的樣貌。似乎躲在洞穴裡的人們這時冒了出來，從事各種耕作。鳥鳴聲更為雀躍，樹木吐出新芽。歡欣喜悅的大地！不久之前仍然荒涼、濕潮且不宜人居，這時卻變成適於諸神的居所。迷人的自然景象讓我精神一振；過去的記憶已被抹去，目前的生活寧靜，而未來籠罩著希望和喜悅期待的燦爛光芒。」

13

「我現在會加快講到我故事中比較感人的部分。我會說起大大影響我感受的事件，而正是那些感受讓我由從前的我變成現在的我。

「春意漸濃；氣候變得宜人，天空無雲。大地之前荒蕪陰暗，這時卻綻放著美麗的花朵與蓊鬱，我看了好驚訝。種種迷人的氣味和無數美景滿足振奮了我的感官。

「在這樣的一個日子裡，這家人暫時停下手邊的工作休息時——老人彈奏吉他，孩子們則聽他演奏——我發現費利克斯的表情有著難以言喻的悲傷；他不時哀聲嘆氣，有一次，他的父親甚至暫停演奏，我由他的神態猜出，他是在問他的兒子為何悲傷。費利克斯以愉快的口吻回答，而老人再次開始彈奏，這時

＊《伊索寓言》中〈驢子與小狗〉的故事裡，驢子想和小狗一樣得到主人疼愛，於是模仿小狗向主人撒嬌，沒想到下場仍然是挨棍子。

有人敲了門。

「來者是位小姐，她騎在馬背上，由一個鄉下人帶路。那位小姐身穿黑衣，臉上罩著厚厚的黑色面紗。艾嘉莎問了一個問題，而陌生人只以甜美的腔調說出費利克斯的名字。她的聲音悅耳，但和我兩個朋友的聲音都不同。費利克斯聽了，急忙走向這小姐，而小姐看到他就掀起面紗，我因此看見她美如天仙的面容。她的頭髮光澤烏黑，紮著特殊的髮辮；她有著深色的眼眸，目光柔和卻充滿生氣；她的五官比例完美，膚色極為白皙，雙頰泛著可愛的粉紅。

「費利克斯見到她，似乎樂不可支，他臉上所有的悲傷一掃而空，神色立刻顯現極度的狂喜，而我幾乎無法相信他能做出這樣的表情；他雙眼閃亮，高興得臉頰緋紅，那一刻，我覺得他就和初來乍到的陌生人一樣美麗。陌生人似乎內心五味雜陳；她揩去美麗眼睛流出的幾滴淚，向費利克斯伸出手，費利克斯喜不自勝地吻著她的手，喚著她，而我猜想他應該是稱她為『甜美的阿拉伯女孩』。她似乎不了解他的意思，但依舊露出了笑容。他幫她下馬，打發了替她領路的人，然後帶她進入農舍。他和他父親交談片刻，年輕的陌生人跪在老人腳邊，正要吻他的手，但他把她拉起身，疼愛有加地擁抱她。

「我很快就發現，陌生人雖然咬字清晰，看來會說她自己的某種語言，但她和這家人卻無法理解彼此的語言。他們比了許多我不了解的手勢，但我發覺她的存在讓農舍充滿喜悅的氣氛，驅散了這家人的悲傷，就有如太陽驅散了晨霧。費利克斯似乎特別開心，並且以欣喜的微笑迎接他的阿拉伯女孩。而艾嘉莎呢，一向溫柔的艾嘉莎吻了美麗陌生人的手，指著她的哥哥，比著手勢，看來是在說他在她來之前總是處於悲傷之中。如此過了幾個小時，由他們的神情看來，他們表現著喜悅之情，而我當時並不明白為什麼。不久，我藉由陌生人跟著他們複述而反複出現的某些聲音，明白她在努力學習他們的語言；而我立刻想到，我也該利用同樣的方式來達到同樣的目的。第一堂課，陌生人學了大約二十個詞彙；大部分是我已經學會的，但其他的讓我受益良多。

「夜晚降臨，艾嘉莎和阿拉伯女孩早早就寢。她們要離去時，費利克斯吻了陌生人的手，說：『可愛的莎菲，晚安。』他久久未就寢，和他父親交談。他們時常提起她的名字，我猜想他們美麗的客人是他們談話的主題。我一心想聽懂他們的話，盡了一切力量，卻發現辦不到。

「隔天早上，費利克斯出門工作，阿拉伯女孩等艾嘉莎忙完平日的事情後，便坐到老人腳邊，拿著老人的吉他，彈了些美麗迷人的調子，讓我不禁流下悲傷與喜悅的淚水。她唱起歌，歌聲抑揚圓潤，像林子裡的夜鶯一樣時而高揚時而微弱。

「她唱完之後，將吉他交給艾嘉莎，艾嘉莎起先拒絕，後來才接下。她彈著簡單的曲子，並唱出甜美的歌聲，但不同於陌生人的美妙音調。老人聽得出神，說了些話，艾嘉莎努力向莎菲解釋，而他似乎是想表示艾嘉莎的音樂讓他非常喜悅。

「日子像之前一樣平靜地過去，唯一的不同在於我朋友臉上的悲傷已經被喜悅取代。莎菲總是開朗愉快；我和她在語言上進步神速，兩個月後，我逐漸了解這家人所說的大部分語句。

「同時，黑色的土壤覆滿牧草，翠綠的土堤點綴著無數芬芳美麗的花朵，月光照亮的林子閃爍蒼白的星光；陽光溫暖了些，夜空晴朗宜人；我夜間的遊蕩雖然因為日落晚了、日出提早而大為縮短，卻令我極度喜悅；我擔心再次遭受我在第一座村子所受的對待，因此從來不敢在白晝時冒險外出。

「我的日子在專注學習中度過，以便能更迅速運用這個語言。我可以大言不慚地說，我進步得比阿拉伯女孩迅速，因為她懂的字彙不多，說話結結巴巴，而我能理解他們的話，幾乎能模仿他們說的每個字。

「我對話的能力進步時，也和陌生人一起學了識字，能夠識字也為我開啟了寬廣的喜悅和視野。

「費利克斯用來教莎菲的書是弗尼所寫的《帝國的廢墟》＊。若不是費利克斯在唸誦時詳盡解釋，我應該無法理解這本書的意旨。他說，他選這一本作品，是因為它的修辭風格是模仿東方作者。這部作品讓我對歷史有了粗淺的了解，概略知道世上現存的幾個帝國；我因此理解了世上不同國家的風俗、政府和宗教。我聽聞亞洲人生性懶散，希臘人擁有驚人的才華和心智活動，羅馬人早期的戰爭與過人的美德（以及隨後的墮落），以及那個偉大帝國的沒落，還

＊《帝國的廢墟》（全名為《論毀滅或帝國革命之沉思》，*Les Ruines, ou Méditations sur les révolutions des empires*），為法國哲史學家及政治家弗尼（Constantin-François Chasseboeuf, comte Volney, 1759-1820）之作，出版於一七九一年，是法國大革命後重要的革命思想之作。書中嚴詞批評君主專制的政治與意識形態，並質疑宗教組織，對人類與文明的描寫時有偏頗，較為憤世嫉俗。書中的宗教觀較接近自然神學，神在創造之後即對創造物棄之不顧，與怪物的經歷不謀而合。

有騎士風範、基督教精神，以及國王。我聽到發現了美洲的過程，和莎菲一同為該地原住民的不幸命運而落淚。

「這些奇妙的敘述讓我產生種種陌生的感受。人類既強大高潔又超凡，同時卻惡毒而卑鄙嗎？有時宛如邪惡的後裔，有時又顯得高貴而神聖。身為偉大而品德高尚的人，似乎是一個有理性的生物最高的榮耀；由許多歷史紀錄可見，身為卑鄙惡毒之人則似乎是最低下的墮落，比盲眼的鼴鼠或無害的蟲子更加卑劣。很長一段時間，我無法理解人怎能殺害自己的同類，甚至無法理解為什麼要有法律與政府；但我聽到惡行與血腥的細節之後，便不再驚歎，並且厭惡憎恨地不願再聽。

「現在這家人的所有對話都帶給我新的驚奇。我聽著費利克斯教導阿拉伯女孩，讓我明白了人類社會的奇妙系統。我聽到財產分配、巨富與赤貧、階級、出身與貴族血統等事。

「那些話讓我開始自省。我學到，你們人類最重視的價值是純潔高貴的出身與財富。有其中任一者，就能受人尊敬，若沒有出身也沒有財富，大多會被視為無賴或奴隸，注定為少數人的利益揮汗辛勞！那我又是什麼？我完全不知道自己從何而來，也不知道我創造者的身分，只知道我沒有錢、沒有朋友，也沒有任何資產。況且我還被賦與畸形可怕而令人嫌惡的外表；我的本質甚至和人類不同。我比他們敏捷，能靠著粗陋的食物生存；我經歷極端冷熱時，身體受到的傷害也比較小；我的個子遠比人類高。我揚首四顧，沒看到也沒聽過和我一樣的人。所以我是個怪物，是大地上的汙點，所有人都逃開我，拒絕與我有所關聯？

「我無法形容這些省思帶給我多大的痛苦；我努力驅走這些念頭，但了解徒增傷悲。噢，要是我永遠待在最初居住的林子裡，知道的、感覺到的只有飢渴和炎熱，那該多好！

「知識真奇妙！一進到腦中，就有如地衣緊攀著岩石不放。我有時真想擺脫思想和感覺，但我發現只有一個辦法能戰勝痛苦，就是死亡——那是令我感到恐懼但卻不了解的狀態。我仰慕美德與善意，喜愛這家人溫和文雅的態度與和善的性格，卻無法與他們交流，只能在他們看不見、不知情的情況下，透過我暗中習得的方法與他們交流，但這並未滿足我的欲望，反而讓我更渴望成為他們的一員。艾嘉莎的溫柔話語和迷人的阿拉伯女孩活潑的微笑，都不是為我而發。老人溫和的鼓勵和親愛的費利克斯生動的談話，也不是對我而說。我真是可憐不幸的怪物！

「其他的課讓我更印象深刻。我聽到兩性的差異、孩子出生成長，父親如何沉溺於嬰兒的微笑之中，以及大孩子之間的俏皮對話，母親的生命和關注都投注在她的寶貝身上，少年的心智如何拓展、得到知識，還有兄弟姊妹等以及將人類彼此連結的種種關係。

「但我的親友和人際關係在哪裡？我童稚之時，既沒有受到父親看顧，也沒能得到母親的微笑輕撫；即使有，我過去的生命已經完全被抹除，剩下一片我無法分別的空白。從我有記憶之初，我的身材已經是當時那樣高大了。我沒看過像我一樣，或和我有任何關聯的生物。我是什麼？這問題再次浮上心頭，而我只能報以呻吟。

「我很快就會解釋這些感受導致了何種後果，但先讓我回頭談談那一家人。他們的故事激起我氣憤、喜悅與驚歎等種種感受，但最後都只是讓我更加敬愛我的保護者（我在一種無知、有點痛苦的自欺心態下，就愛這麼稱呼他們）。」

14

「一段時間之後，我才得知我朋友的過去。他們的故事透露了一些狀況，對於我這樣從未見過世面的人而言再再精采有趣，深印我腦中。

「老人的名字叫德拉席。他出身法國的好人家，在那地方過了多年富裕的生活，受權貴尊敬、受同輩喜愛。他兒子接受教育以為國服務，艾嘉莎則躋身名媛仕女之列。我到達的幾個月前，他們仍住在一個叫作巴黎的繁華大城，置身朋友之間，享受著所有美德、智識或品味以及不少的財富所能帶來的快樂。

「他們家沒落是莎菲的父親所致。他是名土耳其商人，在巴黎住了許多年，因為某種我無法得知的原因惹怒了政府。莎菲從君士坦丁堡到巴黎與他相會的那一天，他剛好被捕入獄。他受審之後被判死刑。他判刑不公令人詬病，全巴黎都義憤填膺；據判斷，他被判刑的主因並非他被指控犯下的罪行，而是他的信仰與財富。

「費利克斯偶然出席旁聽審判；他聽見法庭的判決時，錯愕氣憤得無法自制。他當時鄭重誓言要救出莎菲之父，於是開始尋求辦法。經過多次的嘗試，他仍然無法獲准入監探視，但他發現監獄大樓無人看守之處有一扇牢固的柵窗，那位不幸的伊斯蘭教徒正是被關在那兒的地牢內。他身上背著枷鎖，絕望地等待執行殘忍的判決。費利克斯在夜裡去了那扇柵窗旁，讓囚犯知道他願意幫助他。土耳其人又驚又喜，致力點燃救星的熱情，保證將給予財富與報償。費利克斯不屑地拒絕了他的提議，然而當他看見獲准探視她父親，並且以手勢表示強烈感激的美麗莎菲時，不禁覺得這位囚犯確實擁有一項寶藏，足以完全報答他所付出的辛勞與承擔的危險。

「土耳其人很快發現他女兒在費利克斯的心裡留下何種印象，於是承諾只要他到達安全的地方，就將女兒嫁給他，藉此讓年輕人能夠更努力於將他救出大牢。費利克斯太過高尚，不肯接受這個提議，但仍期待有機會得到幸福。

「接下來的日子裡，費利克斯一面為商人逃亡做準備，同時，美麗女孩寄給他的幾封信，也鼓舞了他的熱心。女孩的父親有個僕人懂得法文，而女孩藉由這位老人的幫助，向她的愛人傳達自己的想法。她以最熱情的言語感謝他試圖幫助她父親，同時稍稍感嘆了自己的命運。

「我有這些信件的副本，因為住在棚舍期間，我取得了書寫的工具；而那些信件經常在費利克斯或艾嘉莎手中。在我離開之前，我會把信交給你，那些信能證實我的故事確有其事；但現在太陽早已西沉，我只有時間重述其中的重點。

「莎菲說她母親是篤信基督教的阿拉伯人，被土耳其人抓去當奴隸；她出眾的美貌贏得了莎菲父親的心，他於是娶了她。年輕女孩對她母親讚譽不絕。她母親生於自由，對此時所受的束縛甚為屏棄。她讓女兒認識了基督教的信條，教她追求較高的知識水準，以及穆罕默德的女信徒不得擁有的獨立精神。這位夫人過世了，但她的教導深印在莎菲心中，無法抹滅。而想到重回亞洲，被居禁在閨房之中，只能從事與她靈魂脾性相違的幼稚消遣，莎菲就心生厭惡；她的心性已經習於遠大的思想以及對美德的高尚追求。她期望嫁給基督徒，待在女性能享有社會地位的國家。

「土耳其人行刑的日子定了，但前一晚他逃出監獄，天亮前就來到巴黎的數里格之外。費利克斯以他父親、妹妹和他本人的名義取得了通行證。他事前已經把他的計畫告知了父親，他幫忙掩飾，假借旅行離開家中，帶著女兒藏身在巴黎的偏僻地區。

「費利克斯帶著逃亡者從巴黎逃到了里昂，越過塞尼峰，來到來亨港，而商人決定在那裡等待進入土耳其領土的理想時機。

「莎菲決定陪著父親直到他離開；在那之前，土耳其人再次保證她將和他的救星結合，而費利克斯也陪著他們，期待著美夢成真。在此同時，費利克斯享受著阿拉伯女孩的陪伴，女孩對他抱著最單純而溫柔的愛慕。他們藉由一位翻譯交談，有時則是透過目光交流，而莎菲以歌聲唱出她祖國的優美曲調。

「土耳其人允許他們之間親密的交流，並且鼓勵這對年輕愛侶擁抱希望，然而他卻心懷截然不同的計畫。他厭惡女兒和基督徒結合，但他擔心如果他表現冷淡，費利克斯會憎恨他，他知道自己的命運仍掌握在他救星手上，因為他可能會選擇背叛他，將他交給他們所在的義大利當局。他盤算著種種計畫以繼續欺瞞費利克斯，直到沒這個必要時，再悄悄帶女兒離開。而巴黎傳來的消息幫了他一個大忙。

「法國政府發現他們的受害者逃脫，大為震怒，致力找出搭救他的人，加以嚴懲。費利克斯的計謀很快曝了光，德拉席和艾嘉莎鋃鐺入獄。消息傳到費利克斯耳中，讓他從幸福的夢境中清醒過來。他年事已高的盲眼父親與他乖巧的妹妹被關在臭氣沖天的地牢裡，他則享受著自由的空氣和愛人的陪伴。這念頭深深折磨著他。他迅速與土耳其人做好安排，如果費利克斯回到義大利之前，土耳其人發現有理想的逃脫機會，那麼莎菲將寄宿在來亨港的一間修道院中；安排妥當之後，他與美麗的阿拉伯女孩道別，趕緊返回巴黎，接受法律的制裁，希望藉此讓德拉席和艾嘉莎重獲自由。

「但他失敗了。他們繼續被關了五個月才受審，判決是財產充公，而他們被放逐，永遠不得踏上祖國的土地。

「他們來到德國，淒涼地棲身在一間農舍，也就是我發現他們的地方。費利克斯不久便得知，狡詐的土耳其人一聽說他的恩人失去了財富與地位——他和他的家人因為他受到駭人聽聞的迫害——就背信忘義帶著女兒離開義大利，還施捨似地送了微薄的金錢給費利克斯，說是為了幫助他未來的生計。

「費利克斯的心正是受到這些事折磨，所以我第一次見到他時，他是家中最悲慘的一員。他並非耐不住貧窮，而儘管他因為自己的美德而遭遇如此的困境，他依舊感到自豪；但土耳其人不知感恩，他又失去了心愛的莎菲，這雙重打擊更是嚴酷，難以彌補。此刻阿拉伯女孩現身，讓他的靈魂重獲新生。

「話說費利克斯被剝奪財產與地位的消息傳到來亨港時，商人命令女兒準備返回祖國，別再想起她的愛人。莎菲生性仁厚，聽了這命令便義憤填膺；她試圖和她父親講理，但他重複專橫的命令，怒氣騰騰地離開。

「數日後，土耳其人來到女孩的住處，匆忙告訴她，他有理由相信他在來亨港的住處曝光，他即將被交回法國政府手中；因此他雇了一艘船載他前去君士坦丁堡，即將在幾小時後啟程。而他大部分的財產尚未送達來亨港，他打算將女兒交給一位可靠的僕人照顧，待她方便時再帶著他的財產跟去。

「莎菲獨處時，在心中決定了她在這緊急狀況中將執行的計畫。她厭惡土耳其；宗教和感情的因素讓她不想住在那裡。她父親的一些文件落入她手中，她得知愛人遭到放逐，並且知道了他落腳的地方。她猶豫了些時日，最後仍下定決心，帶著自己的一些珠寶、錢財，雇了一名會說土耳其語的來亨港女孩當僕人，一同離開義大利，前往德國。

「她安然抵達距離德拉席農舍約二十里格的小鎮，這時她的女僕生了重病。莎菲全心全意照料她，但可憐的女孩死了，留下阿拉伯女孩孤零零一人，她不會該國語言，對這世界的風俗一無所知。幸虧她遇到好心人。那位義大利女僕提過她們的目的地，她過世後，留宿處的女人便設法幫助莎菲安全到達她愛人的農舍。」

15

「這就是我摯愛的那家人的過去。我深受感動。我從這個故事所得到的社會生活觀點，學到敬仰他們的美德，並且鄙視人類的惡行。

「在那之前，我將犯罪視為遙不可及的邪惡，我面前只看得到仁慈與寬厚，我心中因此興起一股渴望，想在發揮展現出種種受人欽佩特質的忙碌場景中演上一角。但要說到我智性的進展，就不能遺漏同年八月初發生的事。

「一晚，我按照慣例前往附近的林子採集自己的食物，撿拾柴火給我的保護者。我在林地上發現一只旅行用皮箱，裡面裝著幾件衣服和幾本書。我熱切地將這個戰利品據為己有，帶回我的棚舍。幸好書是用我在農舍學過的語言所寫，其中有《失樂園》[1]、一冊蒲魯塔克的《希臘羅馬英豪列傳》[2]，還有《少年維特的煩惱》[3]。得到這些寶藏，我欣喜若狂；我朋友忙著日常瑣事時，我就持續研讀這些書，以這些故事磨練我的心智。

「這些書對我的影響實在難以用言語形容。我心中產生無數的新影像、新感受，有時令我狂喜，但通常讓我沮喪透頂。在《少年維特的煩惱》裡，除了簡單的感人故事外，還含括了許多見解，讓我得以重新審視從前難以理解的問題，並且從中獲得源源不絕的驚奇與思考素材。書中敘述了家庭溫情與崇高的情操與感受，這當中呈現出發自內心的表現，符合我在保護者身上看到的情況與我心中永懷的渴望。但我想維特比我見過或想像中的人更崇高；他的人格沒有半點虛假，但卻沉淪極深。書中對於死亡與自殺的論述令我無比驚歎。我無意妄想探討故事中的價值，但我傾向贊同主人翁的見解，我為他的死而哭泣，但不明所以。

「然而，我在閱讀的過程中，將自己的感受和境況跟書中對照。我發覺我和

1.《失樂園》為英國詩人約翰・米爾頓出版於一六六七年的史詩，以舊約聖經為基礎，描述亞當、夏娃在撒旦誘惑下吃了智慧之果，被逐出伊甸園的故事。書中對神、墮落天使撒旦、被創造的人類，創造者、創造物之間的關係多有著墨。

2.《希臘羅馬英豪列傳》（*The Lives of the Noble Grecians and Romans*），羅馬時代的希臘作家蒲魯塔克（Plutarch, 46-120）之作，又稱為《比較列傳》（*Parallel Lives*），將希臘、羅馬的歷史名人兩兩相比，主要目的不是記錄歷史，而是探討性格對生命與命運的影響。

3.《少年維特的煩惱》（*The Sorrows of Young Werter*），德國作家歌德（Johann Wolfgang von Goethe, 1749-1832）描述多愁善感的青年在單戀的心上人結婚後心灰意冷自殺的故事。

書中的人、我傾聽對話的人既相似，卻又奇妙地不同。我同情他們，也多少能了解他們，但我的心智並不成熟；我無人能依賴，無親無故。『我可能隨時消逝』[4]，如果我從這世上消失，沒人會為我哀悼。我的相貌恐怖，身材巨大。這是什麼意思？我是誰？我是什麼？我自何處來？又要往何處去？這些問題反覆出現在我腦中，但我無法解答。

「我擁有的蒲魯塔克《希臘羅馬英豪列傳》，說的是古老共合國最初創立者的故事。這本書和《少年維特的煩惱》對我有截然不同的影響。我從維特的想法中體會到消沉和憂鬱，但蒲魯塔克教了我高遠的思想。他讓我得以跳脫對自身悲慘處境的沉思，提升至仰慕敬愛過去年代的英雄。我讀過的許多作品都超出我的理解與經驗。我對王國、遼闊土地、宏偉河流，以及無垠大海的概念混亂，而我完全不熟悉城鎮和大量群聚的人類。保護者的農舍是我研究人性的唯一學校，但這本書呈現出更宏大的場面。我讀到那些參與公眾事務、治理或屠殺他們同類的人。我對書中用語的了解有限，不過我按個人好惡感受書中的內容，感到心中燃起對美德的強烈渴望、對罪惡的厭惡。這些感受當然使得我更崇拜那些愛好和平的立法者，比如努馬、梭倫和萊克格斯，而較不喜愛羅穆路斯和忒修斯。我保護者的可敬人生，在我心中留下這樣的深刻印象；或許，如果最初帶我認識人性的是渴望榮耀與殺戮的年輕士兵，我應該會有不同的感受。

「然而，《失樂園》卻激起我截然不同且遠遠更加深刻的情緒。我像閱讀其他落入我手中的書籍一樣，把這本書中的內容當作確實發生過的事來閱讀。書中描述全能上帝和其創造物對抗的場面，完全激起我內心的驚歎與敬畏。我時常將某些情況與我的狀況互相參照，因為兩者間的相似度實在令我驚詫。我像亞當一樣，似乎和宇宙中任何生物都沒有關聯；但除此之外，他的狀況和我天差地遠。他是出自上帝之手的完美生物，快樂且順遂，受到他的造物主悉心保護；他得以和更崇高的存在交流而得到知識，我卻悲慘無助、孤獨一人。我時常覺得自身的處境就有如撒旦，因為我常常和他一樣，看著我的保護者享受幸福，心裡卻湧起嫉妒的怨恨。

「另一件事強化堅定了這些感受。我到達棚舍後不久，就在我從你實驗室取走的衣物口袋裡發現一些文件。我起初沒放在心上，但既然我已能解讀信件的

4. 見第十章波西・雪萊的詩，原句為「這些情感可能隨時消逝」。

文字，便開始用心研讀。那是你創造我之前那四個月的日誌。你在這些文件中巨細靡遺地描述了你工作中採取的每個步驟，這份紀錄中還摻雜了一些家庭事件。你肯定還記得這些文件。文件就在這裡。其中內容記錄了與我不幸出身有關的事，也能讀到創作過程中一連串噁心的細節；你對於我令人作嘔厭惡的外表所做的仔細描述，表達了你內心的恐懼，也讓我永遠無法忘懷自己的恐懼。我閱讀時心裡厭惡至極。『我恨死了我得到生命的那天！』我痛苦地大喊。『可惡的創造者！你為什麼要做出連你自己都厭惡背棄的可怕怪物？上帝懷抱慈悲，將人按照祂的形象創造得美麗迷人，但我卻得到難看的人類外貌，甚至因為與你們有相似之處而更顯駭人。撒旦尚且受到惡魔同伴的崇拜與鼓舞，我卻孤孤單單，受人憎恨。』

「這是我寂寞沮喪時的想法，但我思索著農舍居民的美德、他們親切和善的氣質，我說服自己，當他們得知我景仰他們的美德，他們會憐憫我，不在意我畸形的外表。我雖然醜陋無比，但他們難道會拒絕來到他們門前，請求他們施捨同情與友誼的人？最後我決定不再沮喪，而是努力做好和他們見面的準備，而這次見面將決定我的命運。我將這項嘗試延後了數個月才進行，因為成功對我而言至關重要，使我害怕會失敗。此外，我發現我的理解力隨著日常經驗大幅提升，我寧願多花幾個月的時間增加智識，再著手進行這項嘗試。

「在此同時，農舍裡發生了一些變化。莎菲讓農舍的居民沉浸在幸福中，我也發現他們的生活變得較為富足。費利克斯和艾嘉莎有較多的時間交談、休閒，他們的雜務則由幾個僕人協助。他們看來並不富有，但他們滿足而快樂；他們的心情安詳平靜，我的心情則日益浮躁。我知道的愈來愈多，卻只是更明白自己是遭世人遺棄的悲慘之徒。我雖然懷抱希望，但我在水中看到我的倒影，或在月光下看到我的影子，即使倒影模糊，影子時有時無，我的信心仍然煙消雲散。

「我決定在幾個月後面對考驗，而我努力打破這些恐懼，鼓舞自己；有時我允許自己的思緒超脫理性，在天堂的原野遊蕩，大膽想像友善美麗的生物同情我的感受，讓我從憂愁中振作；他們天使般的面容充滿安慰的微笑。但這一切盡是空想；沒有夏娃平撫我的悲傷，或分享我的想法；我孤孤單單。我記起亞當向他的創造者所做的懇求。但我的創造者呢？他拋棄了我，而我懷著怨懟的心詛咒他。

「秋天就這麼過去了。我難過驚歎地發現葉子乾枯落下，自然再次重回我最初看見林子與迷人月亮時的貧瘠與荒涼。我渾然不覺天氣變得蕭索；比起炙熱，我的身體構造讓我更能忍受寒冷。但我大部分的喜悅來自於花朵、飛鳥和夏日一切愉快的景物；這些事物棄我而去，於是我把更多的注意放在農舍居民身上。夏天離去，但他們快樂不減。他們深愛彼此，對此彼關懷體恤；他們因彼此而喜悅，並未因為身邊發生的災難而受阻撓。我愈看他們，愈渴望得到他們的保護與仁慈；我衷心渴望那些親切的人們認識我、喜愛我；我最大的野心，就是看到他們情感洋溢地用溫柔的目光望向我。我不敢想像他們會輕蔑恐懼地拒絕我。他們從不趕走來到他們門口的窮人。雖然我要求的是比些許食物或棲身之處更為珍貴之物——我要的是慈悲與同情，但我不認為我完全沒資格受到善待。

「冬日降臨，自我睜眼來到世上之後，四季已經完整輪替了一次。這時我的注意力完全放在進入我保護者農舍的計畫上。我腦中思忖著許多計畫，但最後決定在盲眼老人獨處的時候進入他們的住所。至少我還夠機靈，知道我的面貌異常駭人，而先前看到我的人之所以恐懼，主要就是這個原因。我的聲音雖然粗啞，但一點也不可怕；因此我心想，如果我能在老德拉席的子女不在的時候，贏得他的善意和仲裁，我或許能經由他獲得我年輕保護者的包容。

「一天，太陽照耀著滿地紅葉，雖然缺乏暖意，卻散播了喜悅。莎菲、艾嘉莎和費利克斯出門去鄉間散步，他們順著老人的意，讓他獨自留在農舍。他的孩子離開之後，他拿出吉他，彈奏了幾首悲傷但優美的曲調，比我從前聽過的尤甚。起初他的神情散發愉快的光采，但他繼續彈奏，卻變得哀傷而若有所思；最後他放下樂器，陷入沉思。

「我的心跳個不停；這正是考驗的時刻，將確認我的希望，或實現我的恐懼。僕人都去了附近的一個市集。農舍內外俱寂；這機會再完美不過了；當我準備進行我的計畫時，我卻四肢一軟，癱到地上。我又爬起，盡可能堅定意志，挪開我放在棚舍前擋住藏身處的木板。清新的空氣讓我精神一振，我以嶄新的決心走向他們農舍門口。

「我敲了門。『是誰啊？』老人說，『請進。』

「我走進去，說道：『抱歉打擾。我是個旅人，需要稍事休息。煩請讓我在火旁待幾分鐘，感激不盡。』

「『請進，』德拉席說，『我會設法滿足你的需要；不過我的孩子們不在家，而我瞎了眼，恐怕不方便拿食物招待你。』

「『好心的主人，不用麻煩。我不缺食物；我需要的是溫暖和休息。』

「我坐了下來，接著是一段沉默。我知道每分每秒都很寶貴，但我仍不確定該如何開啟對話，這時老人對我說話了。『陌生人，由你講的語言判斷，你應該是我的同胞；你是法國人嗎？』

「『不是；不過我受教於一個法國家庭，而我只懂這個語言。我打算請求某些朋友保護，我誠心敬愛他們，希望得到他們的幫助。』

「『他們是德國人嗎？』

「『不是，他們是法國人。不過我們換個話題吧。我生來不幸，受到遺棄，我環顧身邊，在世上無親無故。我打算投靠的好心人從沒見過我，幾乎對我一無所知。我滿懷恐懼；如果我失敗了，我在這世界將永遠無家可歸。』

「『別灰心。沒有朋友的確不幸，但如果沒有任何明顯的私利讓人心產生偏見，人心應該充滿慈悲與友愛。因此別放棄希望；如果你的這些朋友確實善良親切，就別灰心。』

「『他們很仁慈——他們是世上最好的人；但很不幸，他們對我有偏見。我的性情善良，生來不曾傷害任何人，並且也算慈善；但他們的雙眼被嚴重的偏見蒙蔽，他們本該看到一個富有同情而和善的朋友，卻只看到令人厭惡的怪物。』

「『聽起來的確不幸；但如果你真的清清白白，你不能讓他們明白真相嗎？』

「『我正打算冒這個險，因此我才如此恐懼。我深愛這些朋友；許多個月來，我每日習慣為他們做點善行，但他們不知情，覺得我想傷害他們，而我想克服的正是那樣的偏見。』

「『你的這些朋友住在哪？』

「『就在這附近。』

「老人停頓一下，繼續說：『如果你願意毫不保留地將你的故事詳細告訴我，我或許能幫上忙，讓他們明白真相。我看不見，無法由你的面容做出判斷，但你的話不知為何說服了我，讓我相信你真心誠意。我遭到放逐，生活窮苦，但如果有任何地方能幫助他人，我樂意之致。』

「『您真善良！謝謝您，我接受您慷慨的好意。您的善意讓我由屈辱中振作；相信有了您的幫助，我將不會被驅離您同胞的社會，無法得到同情。』

「『千萬別這麼說！即使你過去是罪犯，那樣也只會逼得你走投無路，無法激起你的美德。我也是不幸的人；我和家人雖然無辜卻被判了罪，所以你可以判斷我是否能夠對你不幸的遭遇感同身受。』

「『我該怎麼感謝您，我最慈悲的唯一恩人？從您口中，我第一次聽見有人對我說溫柔的話，我將永遠感激在心。而您此刻的慈悲讓我相信，我也將能夠贏得我即將見面的朋友的好感。』

「『能告訴我那些朋友的名字，家住何方嗎？』

「我頓了一下。我心想，這是決定性的一刻，將讓我一無所有，或從此幸福快樂。我掙扎著希望振作起來回答他，卻耗盡了我殘存的力氣；我深深陷進椅子裡，放聲啜泣。就在這時，我聽見我年輕保護者的腳步聲。刻不容緩，我抓住老人的手，喊道：『就是現在！救救我，保護我！您和您的家人就是我要找的朋友。別在考驗的時刻拋棄我！』

「『老天爺！』老人驚呼道，『你到底是誰？』

「說時遲、那時快，農舍的門開了，費利克斯、莎菲和艾嘉莎走了進來。誰能描述他們看見我時的恐懼與驚駭？艾嘉莎昏了過去，而莎菲不顧她的朋友，奪門而出。這時我的手攀在老人膝上，費利克斯衝上前，以不可思議的力量將我扯離他父親，他怒不可遏，將我摔倒在地，用木棍猛打。我大可以像獅子撕碎羚羊一般扯斷他的四肢，但苦痛的感受讓我的心為之一沉，克制住衝動。眼看他又要舉棍揮下，我不勝疼痛與苦楚跑出農舍，在一片混亂中悄悄逃進棚舍。」

16

「該死可恨的創造者！我為什麼活著？我為什麼沒在當下捻熄你胡亂點燃的生命火花？我不知道；我還沒陷入絕望；我感受到的是憤怒與復仇的欲望。我大可以毀掉農舍，殺了裡面的居民，沉溺在他們的尖叫與悲慘之中。

「夜晚降臨，我離開藏身處，漫步走進林子。我不再擔心被發現，以駭人的怒吼發洩痛苦。我像掙脫陷阱的野獸，破壞擋在我面前的東西，像公鹿似地飛快跑過林子。噢，我度過了淒涼無比的一夜！冰冷的星光嘲笑地閃爍，光禿的樹木在我頭上搖曳著枝條；萬籟俱寂中不時響起悅耳的鳥鳴。除了我，萬物都在歇息或沉浸於喜悅；而我宛如魔王，內心有個地獄，感到自己不得同情，我想扯裂樹木，在我四周大肆破壞摧殘，然後坐下享受那片廢墟。

「但這感覺對我而言過於奢侈，無法持久；我力氣耗竭而疲累，癱坐在潮濕的野草上，絕望而無力。在無數的人類中，沒有任何人能可憐我、幫助我；我該對我的敵人仁慈嗎？不；從那一刻起，我向這個族類宣戰，至死方休，特別是造出我、讓我悲慘不堪的那個人。

「太陽升起；我聽見人聲，知道那天不可能回到藏身處。於是我藏在某片濃密的林子裡，決定在接下來的時間思索我的處境。

「宜人的陽光和白天清新的空氣讓我稍微恢復平靜；我思考農舍裡發生的事時，忍不住認為是我太快下結論。我的行動確實太輕率。我的談話顯然讓做父親的對我產生了興趣，而我露出面貌嚇到他的孩子實在愚蠢。我應該讓老德拉席熟悉我，等到他其餘的家人有心理準備，再逐漸向他們揭露自己。我不認為我犯的錯不可彌補，反覆思量之後，我決定回農舍找老人，向他辯解，將他拉攏到我的陣容。

「這些念頭讓我冷靜下來，我也在下午沉沉睡去，但我血液裡的狂熱不讓我夢見寧靜的夢境。前一天可怕的場景在我眼前揮之不去；女性們逃離，盛怒的費利克斯將我從他父親腳上拉開。我精疲力竭地醒來，發現天色已黑，於是我從藏身之處溜出來覓食。

「果腹之後，我走向通往農舍的熟悉小徑。那裡四下平靜。我鑽進棚舍，安靜等待這家人往常醒來的時刻。那時刻過了，太陽高掛天上，但農舍居民沒出現。我渾身劇烈顫抖，擔心發生某種恐怖的不幸。農舍裡一片黑暗，沒聽到動靜；我無法形容懸著一顆心多麼痛苦。

「不久，兩個鄉下人經過，停在農舍附近開始交談，激動地比手畫腳，但我不懂他們說什麼，因為他們說的是那個國家的語言，和我保護者所說的語言不同。不過片刻之後，費利克斯和另一個男人走了過來；我知道那天早上他沒離開農舍，因此很意外，急著由他的談話得知這些不尋常狀況背後的意義。

「他的同伴說：『你想過嗎？你付了三個月的押金，卻將失去你園子裡的農作？我不想占任何便宜，希望你能多考慮幾天再下決定。』

「『不用了，』費利克斯說，『我們再也不能住在你的農舍裡。家父的性命正深受威脅，那駭人的情況我已解釋過。我的妻子和妹妹再也無法從驚嚇中恢復。請你別再勸我了，收回你的屋子，讓我逃離這個地方吧。』

「費利克斯說這些話時渾身顫抖。他和他的同伴走進農舍待了幾分鐘就離開了。此後我再也沒見過德拉席一家人。

「那天剩餘的時間裡，我繼續待在棚舍，愚蠢而徹底地絕望了。我的保護者離開了，切斷了我和世界唯一的聯繫。我的胸中第一次充滿憤恨與報復的欲望，我沒努力克制，而是讓自己隨波逐流，一心想造成傷害和死亡。我想起我的朋友，想起德拉席溫和的嗓音，艾嘉莎溫柔的雙眸，阿拉伯女孩超凡的美麗，於是那些念頭就消失了，湧出的淚水不知為何安慰了我。但我再度想著他們拒絕我、拋棄我，於是重新燃起熊熊怒火；我無法傷害任何人，於是遷怒了無生命的物體。夜晚流逝，我在農舍周圍放了各種可燃物，毀掉園子裡的所有蔬菜，然後耐著性子，等待月亮落下再展開行動。

「夜晚逐漸消逝，林子裡吹來一陣強風，一下就吹散了在天上徘徊的雲朵；強風像劇烈的雪崩一樣襲捲而過，讓我陷入瘋狂狀態，掙脫了所有理性與內省的束縛。我引燃枯枝，狂怒地繞著心愛的農舍起舞，不過我的目光緊盯著西方的地平線，月亮即將碰到地平線的邊緣。最後，部分的月輪終於沉落，於是我揮動樹枝；燃燒的枯枝落下，我放聲尖叫，點燃我收集的乾草、石南、灌木。風助長了火勢，農舍隨即陷入火中，烈焰緊攀著農舍，以分岔而暴力的火舌舔舐農舍。

「我確定沒有人能搶救農舍任何一部分之後才離開現場，在林子裡尋找棲身處。

「現在，世界在我眼前，我該往哪裡去？我決定遠離我遭遇不幸之地；但我受人類厭惡鄙視，對我而言任何國家都一樣可怕。最後我想起了你。我從你的文件中得知你是我的父親、我的創造者；你賦與我生命，還有誰更適合讓我尋求幫助？費利克斯為莎菲上的課也包括地理；我由其中學到世上各國的相對位置。你提到你出生的城鎮是日內瓦，於是我決定前往此地。

「但我該如何知道正確的方向？我知道必須往西南方才能到達目的地，但我只能藉由太陽指引方向。我不知道我要經過的城鎮名稱，也不能向任何人詢問資訊，但我未曾灰心。我只能向你求援，然而我對你除了怨恨，沒有別的情感。殘酷無情的創造者啊！你賦與我感受與熱情，卻將我趕出去，讓我成為人類蔑視、恐懼的對象。可是我只能向你尋求同情和補償，其他任何披著人類軀殼的生命都無法讓我得到公道，而我決定向你乞求。

「我的旅途漫長，費盡千辛萬苦。我離開居住的地區時，已是晚秋。我擔心遇到人類，因此只在晚上行進。大地在我周圍凋零，太陽失去了熱度；雨雪傾落；連大河也結凍；大地堅硬冰冷而光禿，我找不到地方棲身。噢，大地啊！我多麼常咒罵我為什麼存在！我溫和的天性已完全消失，內心只剩怨恨與悲痛。我愈接近你的住處，愈感到心中激起復仇之心。白雪落下，水凍結了，我仍不停歇。偶發的事件引導著我，而我還擁有這個國家的地圖；但我時常偏離我的路徑甚遠。痛苦的感受不允許我做片刻喘息，任何事情都能為我的憤怒與悲慘火上添油；不過我到達瑞士國境的時候發生了一件事，當時陽光恢復了暖意，大地再次開始展現青翠，反倒凸顯了我淒慘恐懼的感覺。

「我通常在白晝休息，只在有夜色掩護，避開所有人視線的情況下才踏上旅途。不過一天早上，我發現我即將穿過一片密林，於是在太陽升起之後冒險繼續前進；那天仍屬早春時節，陽光宜人，空氣清新，連我都為之振奮。我感到逝去已久的安詳喜悅在我心中復甦。這些新奇的感覺令我有些驚訝，我浸淫其中，忘了自己孤單畸形，並且敢於快樂了。溫柔的淚水再次沾濕了我的臉頰，我甚至感激地抬起濕潤的雙眼，望向神聖的太陽，感謝它賦與我那樣的喜悅。

「我繼續沿著蜿蜒的林中小徑走著，最後來到林子邊，那裡有條河流環繞，水深湍急，許多樹木向河中垂下枝條，剛來臨的春天讓樹枝吐出新芽。我在這裡停了下來，不大確定接下來要走哪條路，這時我聽見人聲，於是匆忙藏進一株柏木下。我才躲起來，就有個小女孩笑著跑向我躲藏的位置，好像在跟誰玩捉迷藏。她沿著陡峭的河岸跑過，突然腳一滑，落入滾滾河水中。我從藏身處衝出來，奮力對抗水流救了她，將她拖上岸。她失去知覺，我用盡辦法恢復她的生氣，卻突然被靠近的鄉下人打斷，那人大概就是跟她玩捉迷藏的人。那人看到我，就朝我衝來，奪走我懷中的女孩，加快腳步逃向林子更深處。我迅速跟上，但不大明白我為什麼追去；男人看我靠近，就舉起他隨身帶的槍，瞄準我身上開槍。我倒在地上，傷了我的人則加快腳步逃進林中。

「我的善意居然得到這樣的回報！我救了一條人命，得到的回報卻是苦不堪言的劇痛，傷口皮開肉綻，深可見骨。片刻前慈悲安詳的感覺煙消雲散，取而代之的是雷霆大怒、咬牙切齒。痛楚令我激憤，我發誓將對所有人類永懷恨意與復仇之心。但我受不了傷口的痛楚，我的脈搏停頓，我昏了過去。

「之後的幾個星期中，我在林子裡過著悲慘的日子，設法治療我受的傷。子彈打進我肩膀，我不知道子彈是留在那裡還是穿透了；總之我也沒辦法取出子彈。他們的作為有失公平，而且不知感恩，加深了我的煎熬。我天天誓言復仇——深沉而致命的復仇，此仇一報，將能彌補我的憤慨和痛苦。

「幾個星期後，我的傷口癒合了，我繼續旅程。明媚的春陽與和煦的春風不再能紓解我的辛勞；喜悅不再，只剩下對我淒涼處境的嘲諷，想到我生來與快樂無緣，我更加痛苦。

「但我的困境即將結束，兩個月後，我到達日內瓦近郊。

「我在傍晚時分到達，我躲到周圍的田野間，思考我該以何種方式與你見面。我迫於疲憊與飢餓，憂鬱得無法享受夜晚溫和的微風，或太陽落到宏偉侏儸山後的美景。

「此時，片刻的小憩暫時緩和了深思的痛苦，但一個漂亮的孩子靠近，驚醒了我；他帶著童稚的玩心，跑進我找到的隱蔽處。我注視他時，突然發現這個小生命毫無偏見，他來到人世的時間還太短，還未對畸形產生恐懼。因此，如果我能抓住他，將他培育為我的同伴和朋友，我在人間將不再那麼孤寂。

「男孩經過時，我衝動地抓住他，將他拉向我。他一看到我的外表就摀著眼尖聲驚叫；我硬把他的手從他臉上拉開，說道，『孩子，這是什麼意思？我不會傷害你，聽我說。』

「他激烈地掙扎。『放開我，』他叫道，『怪物！醜八怪！你想吃了我，把我扯成碎片。你是食人魔。放開我，不然我就告訴爸爸。』

「『孩子，你再也見不到你爸爸了；你得跟我走。』

「『恐怖的怪物，放我走！我爸爸是地方官——他是法蘭肯斯坦先生。他會處罰你。你才不敢關住我。』

「『法蘭肯斯坦！所以你也是我的敵人——我矢言復仇到底的人正是他；你將成為我的第一個受害者。』

「孩子仍在掙扎，不停用難聽的言詞咒罵我，令我心生絕望；我抓住他的喉嚨想讓他閉嘴，不久他就倒在我腳邊死去。

「我注視著我的受害者，心中充滿狂喜與殘酷的得意；我拍手叫道，『我也創造了孤寂；我的敵人並非所向無敵；這孩子的死將令他絕望，還有其他無數的不幸將折磨毀滅他。』

「我凝視著孩子，發現他胸前有東西閃閃發亮。我拿起那東西，是個美麗絕倫的女子畫像。我雖然心懷惡意，那畫像卻吸引著我，讓我軟化。片刻中，我欣喜地注視著她垂著長睫毛的黑眼睛和她迷人的雙唇，但我的怒意隨即重現。我記起我永遠無法得到那樣美麗人物可以賦與我的喜悅，而我凝視著的這個女子若看到我，她的神情將從祥和脫俗轉為厭惡與驚恐。

「那樣的念頭讓我轉為憤怒，難道奇怪嗎？我只納悶在那一刻，我居然只是以呼喊來發洩情緒，卻沒衝到人類之中，企圖與他們同歸於盡。

「這些情感令我無法招架，於是我離開了殺人的地點，尋找更偏僻的藏身處，來到一座看似無人的穀倉。結果穀倉裡有名女子睡在乾草上；她很年輕，美貌其實不如那張畫像上的女人，卻讓人覺得親切，在在散發著年輕健康的氣息。我心想，她就像那些美麗女子，她們擁有令人喜悅的微笑，但那微笑只會落在我之外的其他人身上。然後我靠向她，低語道：『美人兒，醒來吧，妳的愛人要來了——他願意獻出生命，只換得妳深情的一瞥；親愛的，醒來吧！』

「她動了一下；一股恐懼的顫慄傳過我全身。如果她真的醒來，看到我、咒罵我，舉發我是殺人犯呢？如果她睜開眼睛看到我，想必會有這樣的反應。這個瘋狂的念頭，喚醒了我心中的惡魔——該受折磨的不是我，而是她；我犯下的凶案，是因為我永遠無法得到她能賦與我的一切，因此她應該付出代價。罪行起因於她，就讓懲罰也落在她身上吧！多虧了費利克斯的教育和人類嗜血的法律，我此時學會了詭計。我俯身把畫像妥當地放進她的一道裙褶裡。她又動了，接著我逃離了那裡。

「我在那些事發生的地點附近徘徊了幾天，有時希望見到你，有時決定永遠離開這個世界和世上的不幸。最後我遊蕩到山巒間，信步穿過壯闊的山凹中，心中充滿只有你能滿足的深切熱望。在你答應達成我的要求之前，我不會放你離開。我孤單悲慘，不會有人願意與我來往，但和我一樣畸形恐怖的女人就不會拒絕我了。我的伴侶必須跟我同類，有同樣的缺陷。你必須創造出一個這樣的生命。」

17

那生物說完，目光緊盯著我，期待我回答。但我錯愕困惑，思緒混亂，而且無法整理思緒以完整理解他提出的要求。他繼續說：

「你必須為我創造一個女性，讓我有可以互相關懷體諒的對象，而這是生存的必需。只有你能滿足我的需要，而這是我的權力，你不該拒絕。」

聽他敘述與農舍一家人的平靜生活時，我的憤怒本來消散了，但他故事的後半重新引燃我心中的怒氣，他最後說的這些話讓我再也無法壓抑心中的熊熊怒火。

「我拒絕，」我答道，「就算受到再大的折磨，也無法逼我同意。你或許能讓我成為最悲慘的人，但你絕對無法讓我成為自己都覺得卑鄙的人。我怎能創造另一個像你的東西，你們若一同作惡，可能會讓這世界陷入荒蕪。給我滾！我已經回答你了；就算你折磨我，我也不會答應。」

「你錯了，」那個魔鬼說，「我不會威脅你，我很樂意和你講理。我心懷惡意是因為我處境悲慘。難道所有人類不是痛恨我，對我避之唯恐不及？而你，我的創造者，想將我碎屍萬段而得到勝利；既然如此，不同情我的人，我何必同情？如果你將我推進冰縫，毀了由你雙手做出的這副身軀，你會說那是謀殺嗎？當一個人鄙視我的時候，我該尊敬他嗎？若人們願意和我生活在一起，互相善待，我便不會傷害他們，而是為他們做盡一切，並且為了他們肯接受我而流下感激的淚。但那是不可能的，人類的意識對我們的共存而言是無法跨越的障礙。但我不會屈於受奴役的卑下狀態。我會為我受的傷害報仇；如果我不能激起關愛之心，我就製造恐懼，而且主要的對象就是我的大敵——你，因為，我的創造者，我的確發誓對你永懷怨恨。當心了；我會致力毀滅你，直到我讓你的心陷入寂苦，讓你後悔生到這世上。」

他說這些話時，一股殘酷的怒火讓他激動起來。他的臉孔扭曲，恐怖得讓人不忍卒睹，但他隨即平靜下來繼續說：

「我原本是要跟你說理。激動對我無益，因為你並未想到讓我過於激動的就是你。如果有人對我抱著慈悲的情感，我將數百倍回報；光是為了那個人，我就願意和全人類和好，但這只是沉溺於不可能實現的幸福幻想。我的請求合理，並不過分——我希望得到另一個同類，她的性別與我相異，但和我一樣醜陋；這不過是非常微小的喜悅，卻是我僅能夠得到的，而我也會因此滿足。我們雖然是怪物，孤立於世界，但因為如此，我們的關係會更緊密。我們的日子不會幸福，但卻無害於人，也不會像我現在一樣感到不幸。噢！我的創造者啊，讓我快樂吧；讓我感謝你施予的一個恩惠！讓我看到自己能夠引發某個生命的同情之心；別拒絕我的要求！」

我被感動了。想到我若應允可能造成的結果，我不寒而慄，但我覺得他的論點的確有些道理。他的故事和他這時表達的情感，證實他是擁有細膩感受的生命，而我身為他的創造者，因此虧欠他我有能力給予的幸福，不是嗎？他見我的態度轉變，於是繼續說：

「如果你答應，你或其他任何人類永遠不會再看到我；我會到遼闊蠻荒的南美洲。我吃的食物和人類不同，我不會殺死羔羊來滿足口腹之欲，橡實和漿果便能給我足夠的滋養。我的同伴將和我是同類，並且安於同樣的生活方式。我們將以枯葉為床；太陽會像照耀著人類一樣照耀在我們身上，讓我們的食物成熟。我呈現給你的願景祥和而充滿人性，而你一定會覺得，只有濫用力量、肆意殘酷的人，才會否決這樣的願景。你先前雖然對我無情，但現在我在你眼中看到了憐憫；讓我把握這個機會，說服你答應我極度渴望的事。

我答道：「你打算逃離人類居住的地方，住在只有野獸為伴的荒野中。你如此渴望人類的愛與同情，要怎麼在這樣的放逐中堅持下去？你會再回來，再次尋求他們的仁慈，卻受他們嫌惡；你將再次燃起邪惡的暴怒，那時你就有個同伴幫助你毀滅人類。不能發生這種事；別再爭論了，我不能答應你。」

「你真是喜怒無常！不過片刻之前，你聽了我的陳述深受感動；你為什麼再次硬起心腸，無視我的抗議？我以我居住的大地、以創造我的你向你發誓，我會帶著你賜予我的伴侶，離開人類居住的區域，或許住到最蠻荒的地方。我將得到憐憫，所以邪惡的暴怒將煙消雲散！我的日子將在平靜中流逝，臨死之時將不會詛咒我的創造者。」

他的話有種奇妙的影響。我同情他，有時甚至想安慰他，但我一看到他，目睹會動會說話的醜惡肉體，我就心生厭惡，產生恐懼憎恨的感受。我試著壓抑這些感受；我覺得由於我無法同情他，我便無權拒絕他，不讓他得到我有能力賦與的小小快樂。

「你發誓不傷人，」我說，「但你已經展現了某種程度的暴力，我不信任你也是理所當然，不是嗎？這難道不也是一種偽裝，藉由施以更大的報復來獲取更加輝煌的勝利？」

「怎麼這樣說？我不會被你戲弄，我要求得到答覆。如果我無親無故，沒有所愛的對象，我一定會懷著恨意與惡意；對另一人的愛能讓我不再有理由犯罪，從此任何人都不會意識到我的存在。我因為被迫接受我所厭惡的孤獨才做出惡行，而我若能與同類生活、交流，絕對會展現出美德。我將能感受到另一個感性生命的情感，得以與過去始終與我隔絕的事物有所連結。」

我沉默片刻，思考他的話，以及他採取的各種論點。我想到他承諾展現他存在之初的美德，也想到之後他的保護者嫌惡鄙視他，摧毀了他的所有善意。我在心裡盤算時，也沒遺漏他的力量與威脅；他這樣的生物能活在冰河的冰穴中，可以藏身於凡人無法到達的絕壁山脊，他的能耐無人能匹敵。沉默思考許久之後，我得到結論，我應該答應他的請求，這樣對他和我的同胞才公平。於是我轉身對他說：

「我答應你的請求，但你必須鄭重發誓，一旦我將陪伴你流亡異鄉的女性交到你手中，你會永遠離開歐洲以及任何人類居住的地區。」「我發誓，」他喊道，「以太陽、湛藍的穹蒼和我心中炙熱的愛之火發誓，如果你答應我的祈求，只要這些事物存在，你就不會再看到我。回家去，開始工作吧；我會滿心焦急地注意你的進展；別擔心，一旦你完工，我就會現身。」說完，他突然轉身離去，大概擔心我隨時會改變心意。我看著他以勝過老鷹飛行的速度下了山，迅速消失在一片起伏的冰海之中。

他的故事講了一整天，他離開時，太陽即將落到地平線。我知道我應該盡速下山回村子裡，因為周遭很快就會被黑暗籠罩，但我心情沉重，步履緩慢。踩穩腳步沿著山徑蜿蜒前進的辛勞，令我煩擾，我同時也因為當天經歷的事而沉浸在思緒中。我好不容易才來到中途的休息站，坐到泉水旁，這時夜已經深了。星光忽明忽滅，雲朵從星星前飄過；色深的松樹聳立在我面前，地上隨處可見斷裂的樹木；那是一幕神奇莊嚴的景象，勾起我心中奇怪的念頭。我慟哭著，痛苦地合掌，喊道：「噢！星星、浮雲和風，你們都要嘲笑我；如果你們真的可憐我，請奪去我的知覺和記憶，讓我變成廢人；否則就滾開，讓我安安靜靜待在黑暗中。」

這念頭荒謬可悲，但我無法形容星星永恆閃爍的光芒讓我覺得多麼沉重，而風的每一聲呼嘯都像一陣渾沌猛烈的北非焚風，即將颳來吞噬我。

破曉後我才到達夏穆村；我一刻也沒停歇，立刻返回日內瓦。就連我也無法形容自己的感受——那些感受如大山一般壓著我，沉重的壓力壓垮了我的痛苦。我就這麼回了家，進了家門，出現在家人面前。他們看到我憔悴狂亂的模樣，擔心不已，但我幾乎一言不發，沒回答任何問題。我感覺自己好似受到禁令束縛，好似無權得到他們同情，好像再也不能享受他們的陪伴。即使如此，我仍深愛著他們；為了拯救他們，我決定投入我最憎惡的工作。想到要做這樣的工作，其他的現實狀況在我眼前彷彿一場夢，對我而言，只有工作的念頭顯得真實。

18

我回到日內瓦之後的時光，一天天、一週週地過去了；我一直沒勇氣再次開始工作。我害怕失望的惡魔報復，但我對受託的工作充滿反感，無法克服。我發現我必須花數個月的時間做深入而耗力的研究，才能製造出一個女性。我聽說一位英國自然哲學家有了些發現，他的發現是我成功的關鍵，而我有時會考慮請父親允許我為此造訪英國；但我找盡藉口拖延，一直逃避動工；我漸漸不再確信這是當務之急。

我身上發生了改變；之前不斷惡化的健康狀況，至此已經恢復不少；只要不想起先前在不情願之下所做的承諾，我的心情就會大好。父親看到我的改變非常欣喜，於是開始思考怎麼做最能消除我殘存的憂慮。鬱悶的感覺不時浮現，以濃烈的黑暗籠罩正在接近的陽光。那樣的時刻，我會逃避到最完全的孤寂中。我坐著小船在湖上獨自度過整天，看著雲，聽著水波聲，沉默且睏怠。但清新的空氣和明亮的陽光通常能讓我恢復某種程度的冷靜，我返家時，已經能以較為欣然的微笑和較為愉快的心，面對朋友們的問候。

某次我由這樣的遊蕩返家，家父把我叫到一旁說話。

「親愛的兒子，我很高興發現你重拾了往日的喜悅，似乎恢復你原來的模樣。但你依舊不開心，仍然不願與我們為伴。我有段時間一直想不出原因，但昨天我猛然有個念頭，如果這想法確實有根據，就請你承認。在這件事情上有所保留不只沒意義，更會讓我們陷入悲慘。」

他這番開場白讓我劇烈顫抖。家父繼續說：「兒子，我得承認我一直期待你和我們親愛的伊莉莎白成婚，以確保我們家庭和樂，並成為我風燭殘年的慰藉。你們早從年幼就彼此愛慕；你們一同學習，性情和品味似乎完全相稱。但人的經驗何其盲目，我認為最有幫助的事，也可能完全毀了我的計畫。或許你只視她為妹妹，並不希望她成為你的妻子。或你可能遇到你愛的人；你認為基於承諾而對伊莉莎白有責任，而你強烈的悲淒可能就是源自這樣的掙扎。」

「親愛的父親，請放心。我誠心深愛著表妹。我從沒看過別的女人像伊莉莎白一樣能激起我最熾烈的愛慕與情感。我的希望與願景完全繫於我們未來的結合。」

「親愛的維克托，聽到你說出對這件事的感受，使我感到久未體會到的喜悅。如果你真的這麼覺得，那麼我們當然很高興，儘管現況仍讓我們籠罩於陰霾中，但我希望能驅走你心中縈繞不去的憂愁。那麼，告訴我吧，你是否反對立刻舉行婚禮？我們經歷了不幸，而近期發生的事破壞了適合我這年紀和虛弱身體的寧靜生活。你雖然年輕，但以你擁有的能力與天分，我不覺得早婚會影響你未來追求榮譽與成就的計畫。不過別覺得我想左右你的幸福，也別擔心你這一方的延宕會讓我嚴重不安。希望你以坦率的態度理解我的話，然後誠懇而有信心地回答我。」

我默默傾聽父親的話，一時還無法給他任何回答。我在腦中不停轉著各種念頭，努力想得出結論。唉！立即與伊莉莎白成婚的念頭令我驚慌害怕。鄭重的承諾束縛著我，我還未兌現那承諾，卻也不敢毀約。如果我打破承諾，什麼樣的不幸將降臨在我和我摯愛的家人身上！這致命的重擔仍壓在我肩頭，將我壓彎了腰，我怎能出席喜宴？我必須完成我的工作，讓怪物帶著他的伴侶離開，我才能允許自己享受共結連理的喜悅，由此得到平靜。

而且我還記得我必須前去英國，或是開始透過長期通信的方式與該國的自然哲學家聯繫，因為他們的發現與知識對我現階段的工作有不可或缺的用處。通信既曠日費時又成效不彰；此外，我很不想在家中投入可憎的工作，同時和我所愛的人習以為常地互動。我知道可能發生千種恐怖的意外，即使最輕微的意外，揭露的故事也可能讓所有和我有關的人為之驚駭。我也明白，我在進行令人毛骨悚然的工作時將痛苦不堪，而我將常常失去自制力，無法隱瞞內心的痛苦。因此我進行工作時，必須遠離所有我愛的人。而一旦著手進行，工作很快就會完成，那我就能平靜幸福地回到我的家庭。我將實現我的承諾，而怪物會永遠離開。或者（我愛這麼幻想）同時間他可能發生某種意外，永遠結束我受奴役的狀態。

這些念頭決定了我的回答。我向父親表示我希望造訪英國，但我隱瞞了背後真正的理由，用不會啟人疑竇的藉口掩飾我的目的，並且熱切地提出我的希望，輕易就讓父親答應了。我沉溺於憂鬱中那麼久，而抑鬱的程度和影響近似瘋狂，因此他很高興那樣的旅行讓我滿心喜悅。他希望轉換環境加上各式的消遣，能讓我在返鄉之前完全恢復成原來的我。

此行的時間長短完全由我決定；我考慮停留的時間短則幾個月，長則一年。他本著做父親的善意做了預防措施，確保我有旅伴。他先前沒和我討論，就和伊莉莎白一同安排克萊瓦在史特拉斯堡與我會合。我為了工作，寄望能獨處，但在旅程開始時有朋友陪在身邊並不會造成阻礙，而想到我不用再經歷數小時的孤寂，或令人瘋狂的沉思，我欣喜若狂。除此之外，亨利或許還能阻止我的仇敵闖入。如果我獨自一人，難道他可憎的身影不會偶爾闖入，提醒我別忘了工作，或觀察工作的進展？

因此我將前往英國，而我們得到共識，我返鄉之後會立刻和伊莉莎白成婚。家父年事已高，因此實在不願拖延。對我而言，我承諾自己只要完成令人厭惡的苦勞，就能得到報償，我承受無可比擬的苦難，將得到慰藉——我從悲慘的奴役狀態解脫的那一天，將得以和伊莉莎白結合，並且把過去拋諸腦後。

我著手安排旅程，但有個念頭糾纏著我，讓我滿心恐懼焦慮。在我離家期間，我將離開我的親友，而他們絲毫不知有敵人存在，對他的攻擊毫無防備，而他可能因為我離開而勃然大怒。但他誓言跟我到天涯海角，難道他不會跟著我去英國嗎？這樣的想像固然可怕，但也代表我的親友應當能平平安安，一思及此便令人安慰。想到可能發生截然不同的情形，我深受折磨。但我在受到我的創造物奴役期間，一直任自己按當下的衝動行事；而當時我強烈覺得惡魔會跟著我，讓我的家人不受他的陰謀威脅。

九月底，我再度離開祖國。去旅行是我的主意，因此伊莉莎白勉強同意，但想到我將離開她，受到不幸與悲傷折磨，她便心煩意亂。多虧她細心，讓我有克萊瓦為伴——話說回來，男人對種種狀況視若無睹，這些細節都需要女人周全關照。她懇求我早日回來；她心中千頭萬緒，沉默無語，噙著淚靜靜地向我道別。

我跳上接我離開的馬車，幾乎不知道自己要往哪裡去，也不在意周遭掠過的景物。我只記得吩咐人將我的化學器材一同收妥帶去，回想起來，我感到一股錐心之痛。我心中充滿恐怖的想像，通過壯麗宜人的景色，我的目光卻毫不動搖，對周圍渾然不覺。我只想到此行的目的地，以及我將投入的工作。

如此無精打采地過了幾天，經過了許多里格的路，我到達史特拉斯堡，在那裡待兩天等待克萊瓦。兩天後他來了。唉，我們之間的對比多麼明顯！所有新奇的景色都逃不過他的注意，他看到夕陽的美景時滿心喜悅，看到朝陽升起、一日之初，他更是歡喜。他向我指出風景中變化的顏色以及天空的種種面貌。「活著莫過於此，」他喊道，「活著真享受！可是你啊，親愛的法蘭肯斯坦，你為什麼悶悶不樂！」說實在，我腦中都是陰鬱的思想，我眼中既沒有落下的星辰，也沒有萊茵河上反射的金黃日出。而你呢，我的朋友，克萊瓦以充滿感情與喜悅的目光欣賞景色，他的日誌對你而言一定遠比我的回憶更有趣。我只是不幸的怪物，而且詛咒纏身，阻擋我追求喜悅的所有途徑。

我們說好從史特拉斯堡乘船沿萊茵河而下，前往鹿特丹，再從那裡乘船前往倫敦。在這段航程中，我們經過許多柳樹繁茂的小島，看到幾座美麗的城鎮。我們在德國的曼漢市待了一天，從史特拉斯堡出發的第五天，我們到了美因茲。自美因茲以降，萊茵河的景色變得更如詩如畫。河水湍急，河道在丘陵間彎彎曲曲，丘陵不高，但山勢陡峭，形態優美。我們看到許多立於絕壁邊的荒廢城堡，高聳而無法企及，周圍是漆黑的森林。萊茵河這個河段的景色的確千變萬化。你一會兒看到峋嶙的山丘，廢棄的城堡俯望宏偉的懸崖，深色的萊茵河從下方奔流而過；彎過河岬，景色一變，成了蒼翠山坡上繁榮的葡萄園、曲折的河流與人口稠密的城鎮。

我們旅行時正值葡萄收成時節，順流而下時常聽到農人的歌唱聲。我心情消沉，時常因為鬱悶而焦躁，但連我也開心了。我躺在船底，注視著晴朗無雲的藍天，感覺彷彿浸淫於久違的寧靜。如果我的感覺是如此，那麼有誰能形容亨利的感覺呢？他覺得彷彿來到了仙境，沉浸於鮮少有人嘗過的喜悅之中。

「我看過，」他說，「我國最迷人的風景；我曾造訪盧塞恩湖和烏里湖，白雪皚皚的山壁幾乎直落水中，投下無法穿透的黑暗陰影，若不是有賞心悅目的青翠島嶼，那種陰影應該會給人陰鬱消沉的感受；我曾目睹這座湖受到暴風雨侵襲，強風捲起夾帶著水氣的漩渦，使人聯想起汪洋中的水龍捲會是什麼模樣；波濤怒襲山腳，教士和他的妻子遭雪崩活埋，據說至今在夜風稍緩之時，仍會聽見他們垂死的慘叫；我見過瓦萊山和佛德地區，但維克托啊，這個地方比那些美景更令我著迷。瑞士的山巒比較壯闊奇偉，但這條美妙河流的兩岸有種我從未見識過的魔力。你看懸在那座崖上的城堡，還有那小島上的城堡，幾乎被美麗林木的樹葉遮蔽；還有正從葡萄園走來的那群農夫；那座半隱在山凹裡的村落。噢，住在這裡保護這地方的神靈，肯定比在我們家鄉堆起冰河或隱遁於無法企及的山巔的神靈，更有一顆與人和諧共處的心靈。」

克萊瓦，親愛的朋友！即使是現在，記下你的言語、回想你值得讚美的傑出行止，仍令我滿心歡喜。他宛如出自「自然之詩」[1]中的人物。他感性的心讓他熱情奔放的想像更為精煉。他的靈魂洋溢著熱情，友誼誠摯而令人驚歎；有世界觀的人總勸誡我們，那樣的友誼只存在於想像中。但即使人類的同理心也不足以滿足他熱切的心。別人讚嘆外在風景，他則由衷熱愛：

——轟然的瀑布
像熱情一般縈繞不散：
山、巨岩與幽暗深林，
那些顏色與形狀當時在他眼裡
有如興致；如感受與愛，
毋需捨近求遠的吸引，
或任何眼目以外的趣味；
思想足矣。

——華茲華斯〈丁騰修道院〉[2]

而現在他在何方？這個溫和可愛的人兒永遠不在了嗎？這個充滿靈感、天馬行空神奇想像的心靈，形成了一個完全依賴其創造者而存在的世界——而這個心靈已經消殞？現在只存在我的記憶中嗎？不，不是這樣；你喜悅煥發的非凡形體是腐朽了，但你的靈魂仍眷顧安撫你憂傷的朋友。

請原諒我吐出悲傷之言；亨利擁有無比的美德，這些無益的話語不過表達了微不足道的敬意，但這些話能平撫我想起他時而痛苦滿盈的心。我會繼續說我的故事。

過了科隆，我們順河下到荷蘭的平原；風向成了逆風，而水流太緩，幫不上忙，因此我們決定剩餘的旅程改乘驛馬車。我們在這裡的旅程少了美景引起的樂趣，但幾天後就到達鹿特丹，之後又循海陸前往英國。

1. 指十八世紀末至十九世紀中的英國詩人李・杭特（Leigh Hunt）之作《蕾米尼的故事》（*Story of Rimini*），主角為但丁《神曲》煉獄篇通姦的保羅和法蘭契絲卡，詩中以同情的角度描述兩人的戀情，且為歌詠自然之作。
2. 節錄自英國浪漫主義詩人華茲華斯（William Wordsworth, 1770-1850）《抒情歌謠集》（*Lyrical Ballads*）中的〈丁騰修道院〉（Tintern Abbey），除了舊地重遊的景色，更描繪了人身處於自然中，身心與自然合諧共鳴的狀態。

我首次見到不列顛的白色懸崖，是在十二月下旬的一個晴朗早晨。泰晤士河兩岸呈現了不同的景致；那裡平坦而肥沃，幾乎所有城鎮都擁有獨特的歷史故事。我們看到了提布里堡，記起西班牙無敵艦隊、格雷夫森德、伍利奇還有格林威治等，我在自己國家也聽過的地方。

我們最後終於見到倫敦眾多的教堂尖塔，聖保羅大教堂傲視群眾，還有英國歷史中名聲響亮的倫敦塔。

19

倫敦是我們當時的歇腳處；我們決定在這座令人驚歎的著名城市待上數月。克萊瓦希望和當時活躍的才子智士交流，但這是我次要的目的；我主要忙著設法收集履行承諾所需的資訊，立刻用了隨身攜帶的介紹函，拜訪最傑出的自然哲學家。

如果我是在求學的愉快時光踏上這趟旅程，我會快樂得無以言喻。然而災難已降臨至我身上，而我造訪這些人僅是因為我對一個主題有駭人的興趣，而他們或許能對那主題提供一些資訊。與人為伴令我煩躁；獨自一人的時候，我就能想著天堂與人間的景象。亨利的聲音安撫了我，讓我能暫時哄騙自己平靜下來，但忙碌、漠不關心或喜悅的臉孔又將絕望帶回我心中。我明白我和同胞之間有一道無法跨越的隔閡；威廉和賈絲婷所流的血加深了這道隔閡，想起與這些名字相關的事件，我的靈魂就充滿悲痛。

但我在克萊瓦身上看到從前的我；他好奇好問，急於得到經驗與指導。他觀察到的不同風俗，對他而言是知識與樂趣的無窮泉源。他也在追尋他掛念已久的一個目標。他計畫造訪印度，相信藉著通曉當地的數種語言，加上他對當地社會的了解，可以實際幫助歐洲殖民與貿易的進展。而他只有到英國，才能進一步進行他的計畫。他忙碌不停，而他唯一顧慮的只有我憂愁沮喪的心。我盡可能掩飾，希望別妨礙他的快樂；畢竟進入嶄新生活環境的人，自然應該感受到那樣的喜悅，不該被任何憂慮或悲淒的回憶阻撓。我常常藉口有約在先而拒絕與他為伴，其實是為了獨處。我這時也開始收集這次創造所需的材料，過程苦不堪言，彷彿受到水滴不斷滴落頭上的酷刑折磨。只要想起與那件工作相關的細節，都令我無比煎熬，而我隱晦提及此事時，字字令我嘴脣顫抖，滿心忐忑。

在倫敦度過幾個月之後，我們接到蘇格蘭寄來的信，寄信者曾到日內瓦拜訪過我們。他提到他家鄉的美景，問那樣是否足以說服我們將旅程拉向北方，前往他所住的伯斯。克萊瓦渴望接受邀請，而我雖然厭惡與人為伴，但我希望再次看到山巒溪澗，以及大自然裝飾她鍾愛住所的一切美妙天工。我們在十月初到達英國，這時已經二月了。於是我們決定在隔月底啟程向北。在這趟旅途中，我們不打算走大路前往愛丁堡，而是沿途行經溫莎、牛津、馬特洛克以及康伯蘭湖，預計約在七月底結束這次遊覽。我收拾了我的化學器材和收集到的材料，決定在蘇格蘭北方高地的某個荒僻角落完成工作。

我們在三月二十七日離開倫敦，在溫莎逗留數日，在美麗的森林中遊蕩。這兒的景色對我們這些山居人而言非常新奇；雄偉的橡樹、豐富的鳥獸，尊貴的鹿群都顯得新奇。

接著我們前往牛津。我們一來到此城，腦中就浮現一個半世紀之前發生在這裡的事。查理一世就是在此聚集兵力。全國都揚棄他的堅持，加入議會和自由的旗職之下，唯有這座城市仍然效忠於他。記起那位不幸的國王和他的同伴——溫文儒雅的福克蘭子爵、傲慢的戈林、查理一世的王后和兒子，讓城市中他們可能住過的所有區域都有了某種特別的吸引力。昔日的精神似乎在此地長存，而我們榮幸能追溯那些精神的足跡。即使這些感受並未滿足我們的想像，城市的美麗面貌也足以令我們傾心。古老的大學如詩如畫；街道壯麗堂皇；還有迷人的艾西斯河[1]流過城邊，穿過青翠欲滴的草地，擴展為一片平緩的水域，水面映著宏偉的高樓、尖塔和圓頂，周圍古木環繞。

我沉醉於這樣的景色中，然而對過去的回憶和對未來的憂慮，卻讓我的喜悅染上憂鬱。我適合平靜幸福的日子。我年少時從來不曾感到不足，即使曾感到煩躁，自然的美景或研究人類創造的傑作也能吸引我，讓我心情開朗。但我有如一棵遭到雷擊的樹，雷電直入我的靈魂；當時我覺得我將活下去，展現即將不復存在的那個我——這人類的不幸慘狀在別人眼裡顯得可悲，於我卻是無法忍受。

我們在牛津待了很久，在近郊閒晃，努力辨認可能與英國精采歷史事件有關的地點。我們的發現之旅時常因為接連出現的事物而延長。我們造訪了聲名卓越的漢普登[2]之墓，以及這位愛國者殞落的戰場。這些地點紀念、追憶著自由和自我犧牲，我思考這些崇高思想，心靈暫時提升，脫離卑劣淒慘的恐懼。一時間，我勇敢地掙脫了束縛，以自由而高昂的心情舉目四顧，但鐵鍊已經深陷肉中，我沮喪顫抖，再次墮回悲慘的那個我。

我們依依不捨地離開牛津，前往下一個落腳處馬特洛克。這個村落附近的鄉間景色和瑞士相仿，但一切都小了些，我家鄉長滿松樹的山巒總是伴著遠方阿爾卑斯山的白色山巔，這裡的翠綠山丘卻少了這一景。我們造訪壯觀的洞穴和自然史的小展覽室，其中珍奇的展示方式與塞瓦克斯和夏穆尼的收藏品相仿。亨利提起夏穆尼時，我聽了不禁顫抖，我加緊腳步離開馬特洛克，因為那裡讓我想起可怕的那一幕發生的地方。

我們從德比繼續向北，在康伯蘭和威斯摩蘭待了兩個月。我現在幾乎可以想像自己身處瑞士群山中。山坡北面未融的小雪堆、湖泊和岩石間奔流的溪水，都是熟悉而親切的景象。我們在這裡也認識了一些人，他們幾乎讓我忘卻憂愁。克萊瓦遠比我喜悅；他與才學之士相處，心智更加開闊，而他與能力不及他的人為伍時，發揮了超乎他想像的能耐和才華。他對我說：「我可以在這裡度過一生；置身於這些山巒間，我幾乎不會懷念瑞士和萊茵河。」

但他發現旅人的生命在喜樂之中也有不少痛苦。他的情感永遠豐富而多變；當他沉澱下來，就會發現自己不由自主喜新厭舊，尋找那些吸引他注意的東西，然後再度為另一個新奇事物而放棄原來的興趣。

1. Isis，泰晤士河流經牛津的河段別稱。
2. 約翰・漢普登（John Hampden, 1594-1643），反對查理一世的英國議員。

我們才尋訪康伯蘭和威斯摩蘭的幾座湖泊，並且對當地一些居民產生感情時，我們和蘇格蘭朋友約定的時日就近了，於是我們與他們道別，繼續旅行。就我而言，我並不遺憾。這時我已經將承諾擱置了一段時日，我擔心那個惡魔在失望之下會做出什麼事。他可能還待在瑞士，向我的親人報復。這念頭無時無刻糾纏、折磨著我，讓我不得安寧。我焦急不安地等待信件；如果回信稍遲，我便陷入愁雲慘霧，憂心忡忡；接到信時，我看了伊莉莎白或家父的署名，又幾乎不敢展讀，確認我的命運。有時我覺得那個惡魔跟著我，而我疏於履行承諾，他可能會為了督促我而殺害我的同伴。這些念頭糾纏我的時候，我一時半刻都不肯離開亨利身邊，像影子一樣跟著他，想保護他不受我想像中加害者的怒氣波及。我感覺自己犯下了某種重罪，良心不安的感覺揮之不去。我雖然沒犯罪，但我確實讓駭人的詛咒落到自己頭上，那詛咒就像犯了罪一樣致命。

我心慵意懶地來到愛丁堡；然而即使最不幸的人，也會被那座城吸引。克萊瓦仍舊比較喜歡牛津，因為他偏好牛津歷史悠久的氛圍。但愛丁堡這座新城擁有美景和秩序，浪漫的城堡和近郊，世上最賞心悅目的風景，如亞瑟王座、聖伯納之泉以及潘特蘭丘，彌補了改變帶來的失落，讓他滿心歡喜和欣賞。但我卻迫不及待想抵達旅程的終點。

我們一星期後離開愛丁堡，穿過庫帕、聖安德魯斯，沿著台河到伯斯，我們的朋友就在那裡等待我們。但我沒心情和陌生人談笑，或是以客人應有的好心情配合他們的好意或計畫；於是我告訴克萊瓦，我想獨自在蘇格蘭旅行。「你就好好享受，我們之後再到這裡相會。我可能離開一、兩個月；拜託別阻止我；讓我安靜獨處一點時間；希望我回來時心情輕鬆一點，更能配合你的心情。」

亨利想勸我打消主意，但他看我心意已決，便不再勸說。他求我多寫信。「你隻身遊蕩，而我不認識這些蘇格蘭人，與其和他們待在一起，我寧可與你同行；親愛的朋友，你要早點回來，有你在身邊，我才覺得自在。」

和我的朋友分別之後，我決定去蘇格蘭某個偏僻的地方，獨自完成工作。我確信怪物跟著我，會在我完工之時現身，接走他的伴侶。我抱著這樣的決心，橫越了北方的高地，選中奧克尼群島最偏遠的一座小島為我工作的場所。那地方適合這種工作，只是塊海浪不斷拍打其高聳岩壁的巨岩。那兒土壤貧瘠，只勉強養得活幾頭乾癟的乳牛，種些居民吃的燕麥。島上住了五個人，四肢瘦骨嶙峋，正是他們糧食不足的證據。蔬菜、麵包對他們而言已是奢侈的享受，都得從大約五哩外的本土取得，甚至淡水也是。

整座島上只有三間簡陋的小屋，我到達時，有一間是空的。我租下了那間屋子。屋裡只有兩間房間，房裡的景象貧困寒酸至極。屋頂的茅草塌陷，牆壁沒塗泥灰，門的鉸鏈鬆脫。我找人來修理，又買了些家具，然後住下；若不是這些居民都因為一貧如洗而麻木，這樣的事無疑會令他們感到有些驚訝。就這樣，我過起無人窺探打擾的日子，而他們因為飽受折磨，連人類最基本的感官也遲鈍了，完全沒感謝我給予他們些許食物和衣物。

在這藏身處，我早晨投入工作，但傍晚天氣許可的時候，我會在岩灘上散步，聽著沖刷到我的腳邊滔滔海浪聲。這景色雖然單調卻又不斷變化。我想起瑞士；那裡和這片荒寂駭人的風景有如天壤之別。瑞士的丘陵種滿葡萄藤，眾多農舍密布於平原。悠然的湖面映著寧靜的藍天，就算受到風兒擾動，湖面的漣漪與大海狂濤相比，也不過像是活潑的嬰兒在嬉戲。

我剛到達時，就是如此安排時間，但隨著工作進展，日子卻變得一天比一天恐怖且令人厭煩。有時我一連幾天無法說服自己進實驗室，有時我夜以繼日地辛勞，好完成工作。我進行的工作的確可憎。當初第一次實驗時，我因為狂熱的熱情而無視於我做的事多麼駭人；我全心全意想完成工作，看不見過程的恐怖。但此刻我冷靜地進行，我的心常常厭惡自己手中正在創造的作品。

我在這樣的狀態下進行最厭惡的工作，沉浸在孤寂中，什麼也無法暫時讓我從投入的現況轉移注意，我的心靈因此失去平衡，人變得緊張浮躁。我無時無刻都擔心迫害者出現。有時我呆坐著，目光盯著地上不敢抬眼，怕看見我極端畏於見到的對象。我不敢遊蕩到居民看不到的地方，唯恐一旦落單，他就會來向我索討他的伴侶。

我依然繼續工作，已完成不少進度。我渴切又顫慄地期待完工，但不敢深究這份期待；那期待隱約混雜著不祥的預感，令我心慌。

20

一天日暮時分，我坐在實驗室裡；太陽已經落下，月亮剛從海平面升起；房裡的照明不足以進行工作，我無所事事，開始思索那天是不是該到此為止，或是該不懈地努力，加緊完工。那時我腦中浮現一連串的念頭，促使我思考眼前的工作會造成什麼影響。

三年前，我投入同樣的工作，創造出一個惡魔，他無可比擬的暴行令我心悲淒，永遠充滿最悲哀的悔恨。如今，我即將完成另一個生物，而我對她的性情同樣一無所知；她或許會比她的伴侶邪惡萬倍，以殺戮和惡行為樂。他曾誓言離開人類群聚之地，藏身荒野，但她並未立誓；她很可能成為會思考的理性動物，拒絕履行一項在她誕生之前立下的約定。他們甚至可能彼此憎恨；已經存在的那個生物厭惡自己畸形，難道他眼前出現畸形的女性時，他不會更加嫌惡嗎？她也可能嫌棄他，追求更俊美的男人；她可能拋下他，而他再次孤獨，更因為被他的同類拋棄而憤恨不平。他們或許會離開歐洲，住到新世界的荒僻之地，然而那惡魔得到渴望的憐憫後，最先會帶來的惡果之一就是繁衍後代；一個惡魔的種族將在大地繁衍，危及人類的存在，讓人類生活在恐懼中。我有權為了自身利益，而讓往後世世代代的人承受這樣的詛咒嗎？我創造的生物口中似是而非的話曾經感動我；他殘酷的威脅曾讓我不知所措；但這是我第一次發覺自己當初所做的承諾多麼糟糕；想到未來世代的子孫將咒罵我為害群之馬，認為我出於自私，為了自己的安寧而毫不遲疑地求和，其代價或許是全人類的存亡，我不由得顫慄。

我渾身發抖，心臟彷彿失去了作用。我抬起頭，就著月光，發現惡魔就在窗邊。他注視著我，脣邊帶著令人顫慄的微笑，看我坐在那裡要完成他交付的工作。是啊，他在我旅途上跟著我；他在森林中徘徊，藏身洞穴中，或躲在遼闊無人、石南叢生的荒野中；此刻他來確認我的進度，要求我實現承諾了。

我望著他，他的臉上帶著強烈的敵意與奸惡。我想到我承諾再創造一個和他一樣的生物有多瘋狂，因而激動得顫抖，並且將我正在做的東西扯成碎片。怪物看到我毀了他未來幸福的寄託，便發出凶惡絕望又怨恨的怒吼，消失無蹤。

我離開房間鎖上門，在心中鄭重發誓絕不再重拾這份工作；接著我踏著顫抖的步伐走向自己的房間。我獨自一人，身邊沒人驅散憂愁，不讓最可怕的幻想壓迫我。

幾個小時過去了。我待在窗邊俯望大海；海風止息，海面幾乎毫無動靜，整個大自然都在寧靜的月亮照耀下安歇。海面綴著幾艘漁船，微風偶爾送來漁人互相呼喚的聲音。我感覺到那片寧靜，但幾乎沒意識到有多麼靜謐，直到岸邊的划槳聲突然傳入我耳裡，引起我注意，有人在我的房子附近上了岸。

幾分鐘後，我聽到我的門嘎吱作響，似乎正有人設法輕輕打開門。我從頭到腳不住哆嗦。我預感到來者是誰，想叫醒住在附近農舍裡的農人；但無助感籠罩了我，就像是噩夢中經常感受到的，你極力想逃離那迫近的危險卻徒勞無功，只能站在原地無法動彈。

不久我就聽見腳步聲沿著小徑傳來；門開了，我恐懼的怪物現了身。他關上門朝我走來，壓低聲音說：「你毀了你著手創造的成果；你打算做什麼？你膽敢打破承諾？我歷經千辛萬苦；我跟著你離開瑞士；我偷偷摸摸地沿著萊茵河岸前進，穿過柳樹覆蓋的小島，越過丘陵的頂巔。我在英格蘭的荒野和蘇格蘭的僻境住了好幾個月。我忍受著疲憊、寒冷和飢餓的煎熬，你竟敢毀了我的希望？」

「給我滾！我的確打破了承諾；我絕不會再創造另一個像你一樣畸形又邪惡的生物。」

「奴隸，我之前和你講理，結果事實證明你不值得我降貴紆尊。別忘了，我擁有力量；你認為自己很悲慘，然而我可以讓你不幸至極，讓你連看到天光都覺得可憎。你是我的創造者，但我是你的主人，不准不從！」

「我猶豫不決的時刻過去了，你不能再控制我。你不能再威脅我做出任何惡行，你的威脅只會讓我下定決心，不為你創造邪惡的同伴。難道我該冷血地將以殺戮和惡行為樂的惡魔縱放到世上嗎？滾開！我心意已決，你的話只會激怒我。」

怪物看了我堅決的表情，憤怒地咬緊了牙，然後叫道：「每個男人都能找到心愛的妻子，所有禽獸也有配偶，而我卻該孤獨無依？我心中也有愛，得到的回報卻是嫌惡與輕蔑。人類啊！要恨我就恨吧，不過別忘了，你的日子會在恐懼與悲慘中度過，不久，雷電就要落下，永遠奪去你的幸福。我陷入不堪的悲慘中，豈能讓你快樂？你可以毀了我其他的熱情，但復仇的恨意無法抹滅——從此以後，復仇將比光明或食物更重要！我或許會死，但你啊，宰制我、折磨我的人，我會先讓你詛咒那輪俯望你悲慘的太陽。當心了，我無所畏懼，因此擁有強大的力量。我會像蛇一樣狡猾地伺機等待，以毒液螫咬。人類，你會後悔你造成的傷害。」

「惡魔，閉嘴，別再用惡毒的聲音汙染空氣。我表明了我的決心，我不是懦夫，不會屈服於你的威脅。離開吧！我的心意已決。」

「好吧。我走；但是記著，我會在你的新婚之夜現身。」

我叫著衝上前：「惡徒！你不要命了，竟敢簽下我的死刑令。」

我來不及抓住他，他就閃過我，倏地跑出房子。沒多久我就看到他上了他的船，小船像飛箭似地掠過水面，一下就消失在海浪間。

一切回歸平靜，但他的話言猶在耳。我滿腔怒火，想追上破壞我平靜的傢伙，將他丟進海裡。我在房裡心浮氣躁地來回踱步，腦中冒出無數的影像折磨刺激著我。我為什麼沒追著他，與他拚命一搏？但我讓他離開了，而他往內陸方向而去。我想著接下來誰會因為他永不滿足的復仇而犧牲。然後我想起他的話——「**我會在你的新婚之夜現身。**」看來，那將是我命運終結之時了。

我將在那一刻死去，滿足他的惡意，平息他的怨恨。想到這個可能性，我並不恐懼；然而我想起親愛的伊莉莎白，想到她發現愛人被殘酷地奪走，她將流下淚，陷入無盡的悲傷，我也不禁潸然淚下。這是許多個月來我第一次流淚，而我矢志即使要在我敵人面前倒下，我也會先奮力一搏。

夜晚過去，朝陽從海面升起；我的心情勉強平靜了些，其實是強烈的憤怒陷入了深沉的絕望。我離開房子，離開前一晚發生那事的恐怖場景，走過岩灘。我幾乎將這片大海視為我和同胞之間無法跨越的障礙；喔，我心中悄悄希望事實的確如此。我想在那片不毛的岩石間度過消沉的餘生，那樣的人生或許乏味，但不會遭遇任何突如其來的不幸。如果我回去，便會犧牲生命，或必須看著我最愛的人死在我自己創造的惡魔爪下。

我有如不得安寧的鬼魂在島上遊蕩，與我所愛的一切隔絕，並為此所苦。中午時分，太陽升得更高，我躺到草地上沉沉睡去。前一晚我焦慮不安，因為警戒苦惱而兩眼通紅。深沉的睡眠令我精神一振；醒來時，我又覺得自己是人類的一員，然後開始稍微冷靜地思考發生的事；然而那惡魔的話依舊像喪鐘一般縈繞在我耳邊；那些話彷彿夢境，卻像現實一般清晰而沉重。

太陽早已西斜，我仍坐在岸邊，飢腸轆轆地以燕麥糕充飢，這時我注意到一艘漁船在附近靠岸，一名漁夫拿了一個包裹給我；包裹中有幾封來自日內瓦的家書，和一封克萊瓦懇求我與他會合的信。他說他待在那裡只是浪費時間，而他在倫敦結識的朋友在來信中提到，希望他回去完成他們為他印度事業所進行的商談。他離開的日子不能再推延，但由於他去倫敦之後可能隨即就會踏上另一段更久的旅程，他請我盡可能陪伴他。因此，他請我離開我那座荒涼的小島，在伯斯和他相會，再一同南下。這封信多少喚醒了我的生命，我決定兩天後離開小島。

然而，在我離開之前還有事情得完成，我想到就不禁顫慄；我得收拾我的化學器材，因此得進入我進行可憎工作的房間，還得處理看了就令人作嘔的器具。隔天早晨破曉時，我勉強鼓足勇氣，用鑰匙打開實驗室的門。半完成的生物被我摧毀，殘骸散落地一地，我幾乎覺得之前傷害的是活生生的人類軀體。我停下腳步，振作起來，然後走進房裡。我雙手顫抖地將器具搬出房間，但我想到不該留下我作品的殘骸以免驚嚇到此處的農人，令他們起疑；於是我將殘骸收進籃子裡，填入不少石頭，擱置一旁，打算當晚拋進海裡；等待的時候，我坐到岩灘上清洗整理化學器具。

那晚惡魔出現之後，我的感受截然不同了。之前我絕望憂愁地看待我許下的承諾，認為不論後果如何都必須完成；但此刻我覺得眼前似乎有層薄幕掀去，我第一次看清真相。我其實從未想過要重拾這份工作；他的威脅雖然令我憂慮，但我並不覺得我如果自願那麼做就可以避開這些威脅。我想通了，再創造像這惡魔一樣的生物，是卑鄙又殘酷的自私行為；我不讓自己思考任何會導致不同結論的念頭。

半夜兩、三點之間，月亮升起；我將籃子放上一艘小船上，航向離岸邊大約四哩遠的地方。景色全然孤寂；幾艘小船正返回岸邊，但我朝反方向駛離他們。我覺得自己好像正要犯下可怕的罪行，戰慄焦慮地避免遇到任何人。月色原本清晰，但一度突然被濃厚的雲朵覆蓋，我趁著黑暗的片刻將籃子丟進海裡；我傾聽著籃子沉入水裡時發出的咕嚕聲，然後駛離。天空烏雲密布，但空氣清新，只是當時吹起的東北風，略有寒意。不過涼風讓我精神一振，心情舒爽，決定在海上待久些，我將船舵固定，便在小船躺下。雲層遮蔽明月，四下昏暗，我只聽見小船龍骨破浪的聲響，那低喃聲哄我入眠，不久我沉沉睡去。

不知這樣過了多久，我醒來時，發現太陽已經高掛空中。海風強勁，浪濤不斷威脅著小船的安危。我發現吹的是東北風，會將我吹離我登船的海岸。我設法改變航道，立刻發現如果我再嘗試，海水會立刻湧入船裡。唯一的辦法是順風而行。我承認我的確有些恐懼。我身上沒帶羅盤，對這一帶的地理所知甚少，因此太陽對我的幫助微乎其微。我可能會漂到遼闊的大西洋，深受飢餓折磨，或是被周遭呼嘯翻騰的無垠海面吞沒。我已經出海數小時，口渴難耐，這正是其他苦難即將來臨的前兆。我望向天空，空中烏雲密布，一片又一片的烏雲被風吹得快速移動。我望向海上，大海將是我的墳墓。「惡魔啊，」我喊道，「你的任務的已經完成了。」我想起伊莉莎白，想起家父和克萊瓦——那個怪物可能用來發洩他嗜血與無情欲望的人，都被我留在身後。這念頭讓我陷入絕望恐怖的幻想，即使現在這個事件即將永遠落幕，我想起那些幻想仍不寒而慄。

如此過了幾個小時，隨著太陽落向海平面，風逐漸止息，只剩溫和的微風，海上也不再有碎浪。然而，巨大的湧浪又取而代之；我感到反胃，幾乎無法掌舵，這時我突然看到南方有一道高起的陸地。

我承受了幾個小時的疲憊和憂懼，幾乎精疲力竭，而求生的意外希望就像溫暖喜悅的洪流一般湧入我心中，我淚如雨下。

人的感受是多麼善變，而我們即使在悲慘至極的情況下，依舊對生命的愛好有著奇妙的執著！我用了部分衣物做了另一張帆，急著朝著陸地駛去。那裡看似荒涼，岩石遍布，但靠近時顯然看到耕作的痕跡。我在岸邊看到船隻，發現自己突然回到文明人的居住地。我仔細沿著蜿蜒曲折的路徑看去，最後發現一個教堂尖塔凸出於小海岬後方。我衰弱不堪，因此決定直接航向鎮上，那是我最能輕易得到食物的地方。幸好我身上帶了錢。我彎過海岬時，發現一座整潔的小鎮和一座漂亮的海港，我把小船駛進港，想到我意外逃過一劫，我的心喜悅地狂跳。

我忙著修理小船、調整船帆的時候，幾個人圍到我身旁。他們看到我現身似乎很訝異，但並沒上前幫忙，而是竊竊私語，比手畫腳；換作別的時候，他們的手勢或許會讓我微微警戒。然而，這時我只注意到他們說的是英文，於是我也用英文對他們說話。「親愛的朋友，」我說，「可否請問這座城鎮叫什麼名字，我身在什麼地方？」

「你很快就會知道了，」一個聲音粗啞的男人說，「或許你來到了一個不大合你胃口的地方，不過我敢說，沒人會問你從哪裡來。」

陌生人如此粗魯地回答我，我詫異莫名，而他的同伴皺眉、露出憤怒的表情，更令我手足無措。「你為什麼回答得這麼無禮？」我說，「這麼不客氣地接待陌生人，肯定不是英國人的習俗。」

男人說：「我不知道英國人的習俗如何，但愛爾蘭人的習俗是痛恨惡徒。」

這番奇特的對話進行之時，我發現圍觀的人持續增加。他們的表情既好奇又憤怒，令我除了苦惱也有點擔憂。

我問他們旅店怎麼走，但沒人回答。我走向前，群眾跟著我，圍到我周圍，人群中傳來竊竊私語，這時有個面貌醜陋的男人上前拍拍我的肩，說道：「先生，來吧，你得跟我去見科文先生，說明一下你的來歷。」

「科文先生是誰？我為什麼要提出說明？這裡難道不是自由的國度嗎？」

「欸，先生，對正直的人夠自由了。科文先生是治安法官，昨晚這裡發現有位男士遭到謀殺，你得為他的死做個解釋。」

他的回答令我吃驚，但我立刻恢復鎮定。我是無辜的；這點輕易就能證明；於是我默默跟著領路人，被帶到鎮上最體面的一間房子。我又餓又累，隨時可能倒下，但我被一群人包圍，覺得最好使盡力氣撐下去才是上策，以免身體虛弱被當成憂慮或良心不安的表現。我對於即將臨頭的大難一無所知，而那災難將帶來恐怖與絕望，消弭我對所有恥辱與死亡的恐懼。

我得在這裡暫停一下，因為接下來要說的恐怖事件，我得鼓起所有勇氣，才能回憶完整的細節。

21

立刻有人帶我去見治安法官，他是一位慈祥的老先生，態度溫和沉穩。然而，他注視我的目光卻帶點嚴厲，接著他轉身面向我的帶路人，詢問誰是這件事的目擊者。

大約有五、六人站上前，治安法官由其中選出一人，那人嚴正表示他前一晚和兒子和妻舅丹尼爾・納金特出海捕魚，大約十點的時候，他們發現海上即將吹起強烈的北風，於是決定回港。那晚天色非常黑，月亮還沒升起；他們沒停靠在港口，而是依慣例停靠在港口南方約兩哩處的一個小海灣。他先帶著一部分的漁具上岸，他的同伴跟在他身後有一段距離。

他沿著沙灘走，踢到東西，整個人絆倒在地。他的同伴上前幫他，他們就著提燈的燈光，發現他倒在一個男人身上，那人怎麼看都已經失去生命跡象。他們起先推測，那人滅頂之後被海浪打上岸，但檢視一番之後，他們發現那人的衣服沒濕，甚至連屍體也尚有餘溫。他們立刻將他搬到附近一位老婦人的農舍，設法救活他，但徒勞無功。死者是個俊秀的年輕人，年紀約二十有五。他看來是被勒斃的，除了脖子上發黑的指印之外，身上沒有受傷的痕跡。

這段證詞的前半部絲毫沒引起我的興趣，但聽見指印一詞，我記起家弟慘遭殺害之事，因而激動起來。我四肢顫抖，眼前一片模糊，不得不扶著一張椅子支撐身體。治安法官以銳利的目光觀察我，而且理所當然將我的反應表現做了不利的解讀。

證人的兒子證實了他父親的敘述，但傳喚丹尼爾．納金特時，他發誓在他同伴跌倒之前，他看到離岸邊不遠處有艘小船，船上有個男人；而他就著少許的星光判斷，那正是我剛剛靠岸的那艘船。

一個女人作證說，她住在沙灘旁，站在農舍門邊等待漁人返航時，看到有個男人乘著一艘小船，從稍後發現屍體的岸邊離開，那是她聽說發現屍體前一個小時的事。

另一個女人證實漁夫曾將屍體抬進她家，當時屍體餘溫尚存。他們把人放到桌上揉搓他的身子，丹尼爾則到鎮上找藥劑師，但已經來不及救回那人的性命。

治安法官詢問了其他幾人我靠岸時的情況，他們證實由於夜裡吹起的強勁北風，我很可能遭風浪襲擊了數個小時，最後回到幾乎是我離開時的同個地點。此外，他們判斷我應該是從其他地方將屍體帶來，而我似乎對這裡的海岸不熟悉，在進港時不清楚城鎮與我棄屍地點的距離。

科文先生聽到這番證詞，便要人帶我去停屍的房間，準備觀察我看到屍體時的反應。或許是因為我聽到謀殺的方式就激動不已，他才興起這個念頭。於是我由治安法官和其他幾人帶至旅店。這個多事之夜發生的種種巧合令我忍不住驚訝，但我很清楚屍體發現的當時，我正在居住的島上和數人交談，因此完全不擔心事情的發展。

我走進停屍的房間，讓人帶向棺材。該怎麼形容我看到屍體時的感受？我至今仍驚駭得口乾舌燥，回想起那駭人的一刻，仍然免不了顫抖痛苦。記憶中，當我目睹亨利．克萊瓦毫無生息地躺在我面前時，認屍的過程、在場的治安法官和目擊者，都宛如一場夢。我喘著氣，撲向屍體喊道：「我最愛親的亨利，我惡毒的發明也奪走了你的生命嗎？我已經害死了兩個人；其他受害者還等著面對他們的命運；但你啊，克萊瓦，我的朋友，我的恩人——」

我的身體再也無法承受我經歷的痛苦；我在劇烈的痙攣中被抬出房間。

之後我發了一陣高燒。我在瀕死的狀態中躺了兩個月；我從他人得知，我在病中的胡言亂語十分駭人：我自稱害死了威廉、賈絲婷和克萊瓦。有時我會請求照顧我的人協助我殺死折磨我的那個惡魔；有時我感到怪物的手指已經掐住我的頸子，於是痛苦驚駭地放聲尖叫。幸虧我說母語時，還有科文先生能了解；但我的表現和淒厲的叫聲足以驚嚇其他目擊者。

我為什麼沒死？沒有人像我如此淒慘，我為什麼不能忘卻一切，好好安歇？死亡帶走許多正值青春的孩子，他們是慈愛父母唯一的希望；有多少新娘和年輕戀人前一天還綻放著健康與希望，隔天就成了墓蟲的食物、墓穴中的腐物！我究竟是什麼材料做成的，居然能承受那麼多打擊，這些打擊就像輪子轉動一樣反覆折磨我。

但我注定活下來，兩個月後，我感覺自己彷彿從夢中醒來，發現我躺在牢裡的一張破床上，周圍都是獄卒、獄吏、門閂和地牢裡所有悲慘的刑具。我記得我在早上恢復神智；我忘了詳細發生的事，只感覺之前突然遭遇重大的災厄；但我環顧四周，看到柵窗和我身處的骯髒房間，於是一切回憶湧現，我痛苦地呻吟。

呻吟聲驚動了睡在我身邊椅子上的老婦人。她是請來的看護，是一名獄吏的妻子，面容完全顯露那個階級的負面特質。她臉上的輪廓冷酷而粗鄙，像習於面對悲慘而毫無同情的人。她以英文對我說話，口吻聽來漠不關心；我發現我在飽受折磨期間聽過她的聲音。

「先生，你好一點了嗎？」她說。

我以相同的語言虛弱地說：「應該好一點了。但如果一切都是真的，不是我在做夢，那我很遺憾我還活著，得承受苦難與恐怖。」

「說到這一點，」老婦人說，「如果你是指你殺害的先生，我想你還是死了比較好過，因為我想接下來應該有你受的！不過那不關我的事，他們只是找我來讓你恢復健康。我盡了本分，無愧於心；如果人人都這樣就好了。」

我厭惡地轉身背對婦人，她居然對一個剛從垂死邊緣活過來的人說出這麼無情的話；但我仍然病懨懨，無法細想發生的所有事。先前發生的一連串事件，對我來說就像是一場夢；我有時會懷疑那些事是否都是真的，因為我從不覺得它們確實發生過。

眼前浮現的景象變得更加栩栩如生時，我的高燒又起；黑暗包圍了我，我身邊沒人以關愛的溫柔聲音撫慰我；沒有親切的手支持我。醫生來過，開了藥，老婦人替我把藥備好；但看得出來醫生完全不關心，老婦人的表情則顯得極為殘酷。除了能拿到報酬的劊子手，誰會關心一個兇手的命運？

這是我最初的想法，但我不久就發現科文先生對我極為仁慈。他要人替我準備獄中最好的牢房（雖然破敗，卻已經是最好的了）；醫生和護士也是他找來的。他很少來看我，因為他雖然希望解除每個人的苦難，但他並不想目睹殺人兇手痛苦的模樣與淒慘的囈語。因此，他偶爾來察看我是否受到照顧，不過停留短暫，來得不頻繁。

我逐漸復原期間，有一天，我正坐在椅子上，眼睛半張，臉色像亡者一樣土灰。我陷入憂鬱哀淒，時常覺得我與其活在充滿不幸的世界，不如尋死。有一會兒，我考慮是否該認罪，接受法律的制裁，因為至少我不像可憐的賈絲婷那樣無辜。我思考這些事的時候，牢房的房門開了，接著科文先生走進來。他一臉同情憐憫，拉了一張椅子到我身旁，以法語對我說：「恐怕這地方讓你非常震驚；我能做點什麼，讓你覺得更舒適些嗎？」

「謝謝您，但我並不在意您提到的事。這世上已沒有我所能承受的任何安適。」

「我明瞭陌生人的憐憫無法給任何像你一樣遭逢古怪厄運的人多大的慰藉，但我希望你很快就能離開這鬱悶的住所。我相信不難找到一些確切的證據，來洗清你的罪名。」

「這是我最不擔憂的一點；我經歷一連串奇異的事件，成了世上最悲慘的人。我至此已經飽受迫害折磨，死亡還能讓我更悲慘嗎？」

「的確沒有什麼比最近發生的意外更不幸、更令人痛苦。你由於驚人的偶然而被沖上這片素以熱情好客聞名的海岸，卻立刻遭到逮捕，被控謀殺。你最先看到的景象是你朋友的遺體，而他是被某個惡人以不明的方式殺害，並嫁禍於你。」

科文先生說著這些話時，我因為回顧過去所蒙受的苦難而激動，同時也相當驚訝他似乎對我已有一定的了解。我想我應該露出了訝異的神色，所以科文先生急忙說：「你病倒之後，他們把你身上的文件都拿給我，我檢視那些文件，希望找到蛛細馬跡，好將你的不幸遭遇和病況通知你親屬。我找到幾封信，從其中一封信的抬頭發現那是你父親的來信。我立刻去函日內瓦，信函寄出至今快要兩個月。但你病了；你現在還在顫抖，最好別再為任何事而激動。」

「我的心懸著，這感覺比最恐怖的事可怕千倍；告訴我又發生了什麼慘案，我要為誰的死哀悼？」

「你的家人一切安好，」科文親切地說，「還有個親友來探望你。」

我不知道那念頭是從哪裡冒出來的，但我突然想到是凶手回來嘲笑我的不幸，藉著克萊瓦之死挑釁我，再度激我實現他令人髮指的願望。我捂住雙眼，痛苦地大喊：「噢！把他帶走！我不能見他；拜託，別讓他進來！」

科文先生一臉困惑地看著我。他見我失聲大喊，忍不住推斷我有罪，於是以嚴厲的語調說：「年輕人，我還以為你會歡迎令尊到來，沒想到你會如此反感。」

「家父！」我喊道，而我的五官和全身肌肉都放鬆下來，由痛苦轉為喜悅。「家父真的來了嗎？太好了，太好了！他在哪裡，為什麼他沒趕來看我？」

我的態度大變，讓治安法官又驚又喜；或許他覺得我先前的呼喊是我一時又陷入精神錯亂，於是他隨即重拾先前和善的態度。他站起身，和我的護士一同離開牢房，不久家父走了進來。

這一刻，天下最快樂的事莫過於家父出現在眼前。我向他伸出手，喊道：「所以您平安無事，那麼，伊莉莎白呢？恩奈斯特呢？」

家父安撫我，保證他們安然無恙，並且詳細說明我心中關切的事，設法提振我消沉的心情，但他不久就發現監牢並非愉快的住所。

「兒子，你住的是什麼樣的地方啊！」他悲哀地望著柵窗和牢房破爛的模樣。「你為了追尋快樂而出門旅行，但不幸似乎追隨著你。而可憐的克萊瓦——」

我還太虛弱，聽見不幸遇害友人的名字便無法承受；我潸然淚下。

「唉！是啊，父親，」我答道，「最駭人的命運糾纏著我，我得活著實現我的命運，否則早該死在亨利的棺木上。」

我的健康狀況不穩定，必須盡可能保持平靜，因此我們無法繼續交談。科文先生走進牢房，堅持不該讓我太激動，以免耗盡力氣。但我看到父親出現，就像看到善良的天使出現一樣，我的健康狀況也逐漸好轉。

我的病情改善時，我卻陷入無法驅散的悲傷與深沉鬱悶。克萊瓦的駭人死狀在我眼前揮之不去。這些回想令我激動不已，我的親友不只一次擔心我的病情復發。啊！他們為何要保護這麼悲慘可憎的生命？當時我應該能實現我的命運，而這命運即將畫上句點。噢，快了，就要發生了，死亡很快就要讓跳動的心臟止息，讓我擺脫壓垮我的沉重痛苦；在正義的制裁之後，我也將安息。我腦中雖然一直抱著這樣的希望，死亡卻離我很遠；而我時常動也不動、沉默無語地坐著數小時，希望發生某種巨變，將我和我的毀滅者一同埋入廢墟。

巡迴審判的時間近了。我已經在牢裡待了三個月，雖然我仍然虛弱，病情隨時可能復發，但我不得不跋涉將近百哩路，來到巡迴審判開庭審案的鄉鎮。科文先生自願細心地為我收集證詞，並且為我安排辯護律師。案件沒有送進決定生死的法庭，因此我獲准不用以罪犯的身分公開出庭。大陪審團決定不予起訴，因為有證據證明，我朋友的屍體尋獲的當時，我正在奧克尼群島；撤銷起訴之後兩週，我獲釋出獄。

我擺脫了刑事指控的煩惱，可以再次呼吸新鮮的空氣，並且獲准回到祖國，家父聽了喜出望外。但我並沒有同感，對我來說，地牢或皇宮的四壁同樣可憎。生命之杯永遠受到毒害，雖然有陽光照在我身上，就像照耀著內心快樂喜悅的人，但我轉頭四顧，只看到濃厚駭人的黑暗，除了一雙瞪視著我的目光，什麼光也照不透。有時那是亨利會說話的眼睛，但他的眼睛因為死亡而失去生氣，黑眼珠幾乎被眼皮與眼瞼邊緣又長又捲的睫毛遮掩；有時是那怪物水汪汪的朦朧眼睛，就像我最初在因格施塔特的房間裡看到的那雙眼睛。

家父努力喚起我心中的情感。他提起我即將返回的日內瓦，提起伊莉莎白和恩奈斯特；但我聽到這些名字，卻只發出低沉的呻吟。有時候我的確渴望幸福，憂喜摻半地想起我親愛的表妹，或是懷著強烈的鄉愁，渴望再次見到我幼時喜愛的湛藍湖泊和滔滔隆河。然而，我常感到麻木，監牢和大自然最脫俗的景致對我而言並無分別，只有強烈的痛苦或絕望偶爾會打斷那樣的狀態。那時，我常常打算結束我可憎的生命，唯有寸步不離的照料和警戒，才能阻止我恐怖的暴力之舉。

然而，我還有一個責任未了，對這責任的顧慮終於勝過了我自私的消沉。我必須即刻返回日內瓦，守護我深愛的人，埋伏等待凶手，如果我有機會找到他的藏身之處，或他膽敢現身殺害我，我或許能精準地殺掉那個怪物，那個我仿照更加醜惡的靈魂所賦與生命的怪物。我憔悴虛弱，好像只剩個影子，家父擔心我耐不住旅途疲憊，還想延後我們動身的時間。我的氣力全消，形容枯槁，高燒日日夜夜折騰我殘破的身軀。

但我焦慮急躁，要求盡快離開愛爾蘭，於是家父認為最好順著我的意。我們搭上前往勒阿弗港的船，乘著宜人的風離開愛爾蘭的海岸。當時是午夜。我躺在甲板仰望星斗，傾聽海浪拍打聲。我對著遮蔽了愛爾蘭的黑暗歡呼致意，想到不久就要回到日內瓦，我便因熱切喜悅而心跳加速。過去有如一場噩夢；然而我搭乘的船、將我吹離愛爾蘭可憎海岸的風和包圍我的大海，在在強調那不是我的錯覺，我的朋友、我最親愛的同伴克萊瓦已經成為我和我創造的怪物的犧牲者。我回憶自己的一生——和家人住在日內瓦時期的和樂生活，家母的死，與我出發前往因格施塔特的過程。我顫抖地想起驅使我創造恐怖敵人的瘋狂熱情，回想起他降生的第一個晚上。思緒快得無法掌握；千頭萬緒折磨著我，我悲痛地哭泣。

我在高燒恢復之後，就養成了每晚服用少量鴉片的習慣，我只能藉由這種藥物才能獲得保命所必需的睡眠。在過去種種不幸事件的回憶壓迫下，如今我得吞下加倍的劑量才能隨即沉沉睡去。但我就連在睡夢中也無法暫時停下憂思與苦惱；我的夢境中出現數不清的駭人事物。將近早晨之時，我做了個噩夢，感覺到那惡魔勒著我的脖子，我無法掙脫；我耳邊傳來呻吟和喊叫聲。一直在照顧我的父親發覺我翻來覆去，於是叫醒了我；周圍是拍打的海浪，頭上是雲層遮蔽的天空，惡魔並不在我身邊——一股安心感，一種當下與無法抵抗的悲慘未來之間暫時休戰的感覺，讓我感受到一種平靜的遺忘，而人心因其自身結構特別容易有這樣的感受。

22

航程來到終點。我們上了岸，往巴黎而去。不久我發現我過度操勞，必須休息才能繼續旅程。家父不眠不休地照顧我，但他不知道折磨我的原由，於是嘗試以各種錯誤的方法治好我無藥可救的病。他希望我藉著交際得到娛樂。然而我厭惡人類的面孔。喔，不是厭惡！他們是我的同胞、我的同類，因此即使是最令人嫌惡的人也能吸引我；他們是有著無邪本性和天賜靈魂的生物。但我覺得我無權與他們交往。我將一個敵人縱放到他們之間，他以讓他們流血呻吟為樂。如果他們知道我褻瀆的作為以及間接造成的罪行，他們會多麼厭惡我，一定會把我逐出這個世界！

家父最後讓步，任我逃避與人來往，他屢次和我爭論，希望我不再絕望。有時他認為我因為必須反駁兇殺的指控而深感屈辱，而他努力向我證明自尊的無謂。

「唉！父親啊，」我說，「你太不了解我了。如果像我這樣的卑鄙之人還妄自尊大，人類的感受與熱情才真的會墮落。賈絲婷，可憐悲哀的賈絲婷和我一樣無辜，也被指控同樣的罪名，還因此喪命，而我正是始作俑者——是我害死了她。威廉、賈絲婷和亨利——他們都因我而死。」

在我受拘禁期間，家父時常聽我說這些話。我這麼指控自己，他有時似乎希望我解釋，有時則覺得那是精神錯亂所致，是我生病時在幻想中生出的念頭，在復原期間仍無法忘懷。我避不解釋，也絕口不提我創造的怪物。我深信別人會覺得我瘋了，因此我會永遠守口如瓶。除此之外，我也沒有勇氣揭露祕密，讓聽者為之驚恐，永遠無法驅走心中超乎常情的恐懼。因此我雖然想不計代價傾吐重大的祕密，卻仍克制了自己對同情的焦躁渴望，保持沉默。然而我總會無法自制，脫口說出類似前述的那些話。我無法解釋我說的話，但話中的真相多少紓解了神祕苦難加在我心頭的重擔。

這次家父一臉驚訝地說：「親愛的維克托，這是什麼糊塗話？好兒子，拜託別再說這種話了。」

「我沒瘋，」我激動地說，「太陽與蒼天見證了我的作為，可以證明我所言不假。我害死了那些完全無辜的受害者；他們都是因為我的私心而死。我寧可一滴滴流盡自己的鮮血，換回他們的性命。父親，但我不能、真的不能犧牲全人類。」

家父聽了這番談話的結論，相信是我心神錯亂，於是立刻轉移話題，設法讓我思考別的事。他一心想抹去愛爾蘭那些事件的記憶，從此不提，也不讓我因為說起我的不幸而痛苦萬分。

隨著時間過去，我逐漸平靜下來；悲淒雖然長駐我心，但我不再語無倫次地提起自己的罪孽；意識到那些罪就足以讓我痛苦。我有時意欲以痛苦的吶喊昭告全世界，但我靠著最強烈的自殘抑制了這專橫可悲的聲音。我的外表行為也比我赴冰海以來的情況鎮定許多。

我們預定離開巴黎前往瑞士的幾天前，我接到伊莉莎白寄來的信：

親愛的朋友：

接到舅父寄自巴黎的信，我滿心歡喜；你不再遠在天邊，而我可望在兩週之內見到你。可憐的表哥，你一定受盡折磨！我想你大概比離開日內瓦時更病懨懨吧。我懸著一顆心，焦慮煎熬，這個冬天過得悲慘；然而我希望看到你神情平靜，發現你內心不是毫無慰藉與安寧。

但我擔心一年前令你苦惱的感覺重現，甚至隨著時間而增強。現在你心裡壓著太多不幸的重擔，我不想打擾你，但舅父離開前和我的談話，讓我必須在我們見面前解釋些事情。

解釋！你可能會說，伊莉莎白會要解釋什麼？如果你真的這麼說，我的疑問就得到解答，我的疑慮也平息了。但你我相隔兩地，你看了我的解釋可能恐懼又欣喜；而由於的確有這個可能，因此我不敢再拖延，必須寫下你不在時我時常想告訴你卻沒勇氣說出口的話。

維克托，你很清楚自我們幼時，你父母就希望我們結合。我們小時候就聽過他們的計畫，他們也教我們對此有所期待，將之視為必然會發生的事。我們在童年是親密的玩伴，長大之後相信也是親近而重要的朋友。但兄妹對彼此常有強烈的手足之情，卻無意更緊密地結合，我們之間是否也是那樣？我最親愛的維克托，告訴我，回答我。我以我們雙方的幸福懇求你說出簡單的實話——你是否另有所愛？

你旅行各地；你在因格施塔特生活了數年；我的朋友，我承認去年秋天我看到你那麼不開心，避開所有人而逃向孤寂時，我忍不住覺得你或許後悔我們之間有羈絆，雖然你父母的願望和你的意願相違，但你認為基於榮譽而必須達成你父母的願望。不過這是誤謬的推論。我的朋友，我承認我愛你，在我對未來的幻想中，你是我永遠的朋友與伴侶。但我要聲明，除非我們的婚姻是你心甘情願的決定，否則我會永遠淒涼；我希望自己幸福，也希望你快樂。你受到最殘酷的噩運折磨，只有愛與快樂可望讓你復原，卻讓「榮譽」二字奪去這個希望；我想到這個可能，便不禁潸然淚下。我，對你有著一份無私情感，可能成了你達成願望的絆腳石，而大大加重你的苦痛。唉！維克托，相信我，你的表妹和玩伴對你的愛發自內心，想到這個可能，就深受折磨。開心點，我的朋友，只要你肯回答我的問題，那麼世上任何事都無法打擾我內心的平靜。

別因為這封信而感到心煩；如果回答這問題讓你感到痛苦，別急著在明天或後天，甚至回來之後回覆。舅父會寫信轉達你的健康狀況，我們見面時，即使只在你脣上看到一絲笑容，而且是為了這封信或我任何其他的作為而笑，我將感到心滿意足。

伊莉莎白・拉凡薩　筆

一七XX年於日內瓦

這封信喚醒我先前遺忘的記憶，我想起那個惡魔的威脅——「我會在你的新婚之夜現身！」這就是我的判決，在我新婚之夜，惡魔將用盡一切辦法毀了我，奪走我那一絲稍稍可以撫慰我苦難的幸福。他決定在那一晚以我的死為他的罪行畫下完美的句點。好，就這樣吧；到時一定會有你死我活的搏鬥，如果他贏了，我就能安息，而他對我的宰制即將告終。如果我打敗他，我就自由了。唉！哪有什麼自由？如果有個農夫親眼目睹家人在眼前被殺，農舍焚毀，土地荒蕪，他被逐出家園，無家可歸而身無分文，孑然一身，他感受到的就是這樣的自由。我的自由也將是這樣，只不過我還有伊莉莎白，還擁有這個珍貴的寶藏，只可惜悔憾和內疚將糾纏我至死，抵銷了我的喜悅。

親愛美好的伊莉莎白！我反覆讀她的信，些許柔情悄悄溜進我心裡，大膽低語著愛與喜悅的至樂夢想；但禁果已經吃下，天使伸出赤裸的手臂，驅走了我的一切希望。但我寧死也要讓她快樂。如果怪物實現了他的威脅，我就難逃一死；然而，我再次思索成婚是否會讓我的命運更快實現。我的死期或許會提早幾個月來臨，但如果折磨我的怪物懷疑我因他的威脅而延後婚期，他絕對會找別的辦法報復，或許比原先的威脅更駭人可怖。

他雖然發誓會在我的新婚之夜現身，但他並不覺得這項威脅能讓他得到平靜，因為他在威脅我之後，立刻就殺了克萊瓦，像是要讓我明白他嗜血的欲望還沒滿足似地。因此我認為，如果我即早和表妹結婚能讓她或家父快樂，就片刻也不該因為敵人想取我性命而暫緩婚事。

我抱著這樣的想法寫信給伊莉莎白。我平靜而深情地寫道：「我所愛的女孩，我想我們在世上的喜悅已經所剩無幾；然而，我可望享有的所有快樂都取決於妳。別再無端恐懼；我只對妳奉獻我的生命，只追求和妳的幸福。伊莉莎白，我有個祕密，這祕密很可怕，當我告訴妳時，妳會嚇得渾身發冷，我悲慘的狀況不會顯得奇怪，妳只會驚歎我居然能歷經那些事依然存活下來。親愛的表妹，我們之間必須完全坦承，因此我們結婚隔天，我會向妳坦白這個悲慘恐怖的故事。在那之前，希望妳別向其他人談及或提起。我誠心懇求妳，我知道妳一定會答應。」

接到伊莉莎白的信之後大約一星期，我們回到日內瓦。甜美的女孩溫暖親暱地迎接我，然而我憔悴的身形和發熱的雙頰讓她看了淚水盈眶。我發現她也變了。她消瘦了些，幾乎失去從前令我著迷的美妙活力，但對我這個淒滲可悲的人而言，她的溫柔與憐憫的溫和目光讓她成為更適合我的伴侶。

我享有的平靜並沒有維持多久。回憶帶來了瘋狂，我想到發生的事，便真的失去理智；有時我大發雷霆，怒火中燒，有時消沉抑鬱。我既不說話也不直視他人，只動也不動地坐著，因為被種種不幸壓垮而心神惚惚。

只有伊莉莎白能夠讓我脫離這樣的狀態；她輕柔的聲音在我激動不已時安撫了我，在我陷入呆滯時喚起了我的情感。她和我一同流淚，也為我哭泣。我恢復理智時，她會勸誡我，希望我能認命。噢！不幸之人應當認命，然而罪人永遠不得平靜。沉溺於強烈的悲痛有時是種奢侈，卻被悔憾的痛苦荼毒了。

我返家後不久，家父就提到我應當立刻和伊莉莎白成婚。我沉默不語。

「難道你的心另有所屬？」

「完全沒有。我愛伊莉莎白，也滿心期待我們結合。就把日子定下來吧；那一天我不論是生是死，都會為我表妹的幸福奉獻自己。」

「親愛的維克托，別說這種話。我們遭逢悲慘的不幸，但我們應該更努力把握我們僅有的，將我們對逝者的愛轉移到倖存的人身上。我們家庭的圈子會很小，但我們之間的愛與共同的不幸將使我們更緊密地連結。時間平撫你的沮喪之後，會再出現我們關愛的新對象，取代我們身邊被殘忍奪去的人。」

這便是家父的教誨。但我聽了反而再次記起怪物的威脅，而從那惡魔的嗜血之舉就能看出他無所不能，也難怪我會認為他難以征服。在他說出「我會在你的新婚之夜現身」這句話時，我就該知道他必定會實現他的威脅。但比起失去伊莉莎白，死亡沒什麼好怕，於是我臉上帶著滿足甚至喜悅的表情答應家父，只要我表妹點頭，婚禮就在十日之後進行；我想，如此一來，我的命運就確定了。

神啊！如果我曾經想過，我惡魔般的敵人腦中有什麼惡毒念頭，我寧可從我的祖國自我放逐，像無親無故的流浪者一樣在世上遊蕩，也不願同意這悲慘的婚事。但怪物好像有魔法一樣，讓我盲目地看不見他真正的意圖；我以為我促成的是自己的死亡，沒想到卻讓我更親愛的人更快送命。

隨著結婚之日接近，不知是懦弱還是不祥的預感使然，我愈來愈絕望。我以高興的外表掩飾我的感受，讓家父也展露歡顏，卻騙不過伊莉莎白持續關注的銳利眼睛。她平靜滿足地期待我們成婚，心中卻也因為過去的不幸而染上一點恐懼，擔心目前看來真確的幸福隨時可能化成一場幻夢，只留下揮之不去的深沉遺憾。

婚禮的籌備完成，我們也接受了道賀，人人笑容滿面。我盡可能藏起折磨我心的焦慮，以熱烈的態度參與家父的計畫，雖然那些計畫可能只會讓我的悲劇顯得更加悲慘。家父促使奧地利政府讓伊莉莎白得到她部分的遺產，她因此獲得科莫河湖湖畔的一小塊地。我們決定成婚後隨即前往拉凡薩宅，在美麗的湖畔度過最初的幸福日子。

同時，為免那惡魔公然攻擊我，我準備了各種預防措施，隨身攜帶手槍和匕首，時時警戒以免落入詭計，我由於做了這些準備，變得比較平靜。隨著日子接近，威脅顯得像妄想，不值得為此破壞我的安寧；而婚禮不斷被人提起，彷彿是任何意外也無法阻止的事件，於是我期待的幸福婚姻顯得更確實。

伊莉莎白似乎很快樂；我平靜的態度大大安撫了她。但就在我的希望和命運即將實現的那一天，她陷入憂愁，心中充滿不祥的預感；或許是因為她想起我承諾隔天要告訴她可怕的祕密。家父則是喜出望外，他忙著準備婚禮，只把外甥女的憂鬱當作是新娘的羞怯。

婚禮之後，眾人聚到家父家中慶祝，但我們已說好要走水路開始我們的旅程，那晚會在艾維昂過夜，隔天再繼續旅程。天氣舒適，和風宜人；眾人微笑目送我們登船。

這是我此生最後一段幸福的時光。船行疾速，烈日當空，但我們有棚子遮陽，因此能欣賞美景，有時在湖的一側看到薩雷夫峰、蒙塔雷格的美麗坡岸、遠方傲視群山的白朗峰，和無法與之比擬的覆雪群山；有時沿著對岸航行，看到宏偉的侏儸山，它以深色的山壁阻擋離開祖國的雄心，對於試圖奴役這國家的侵略者而言，也是無法跨越的阻礙。

我牽起伊莉莎白的手。「親愛的，妳愁容滿面。唉！要是妳知道我曾經經歷的不幸與未來將承受的苦難，妳一定會盡量滿足我，讓我至少嘗到這一天難得的平靜，暫時不受絕望侵襲。」

「親愛的維克托，開心點，」伊莉莎白答道，「我希望沒有事會讓你煩惱；別擔心，我臉上或許沒有熱烈的喜悅，但我其實心滿意足。我心裡細小的聲音要我別太寄望我們面前的未來，不過我不會去理會那不祥的聲音。你看我們的船航行得多快，看天上的雲有時遮掩，有時升到白朗峰頂，讓我們眼前的美景更加迷人。你瞧湖水清澈，湖底的鵝卵石清晰可辨，水中也有無數的魚兒。今天多麼美好！大自然顯得多麼喜悅安詳！」

伊莉莎白就是這樣轉移我和她的思緒，不再思考任何悲傷的事。但她的心情起伏不定；她眼中偶爾閃現喜悅，但總是不斷被分心和若有所思取代。

夕陽西沉；我們經過了德蘭斯河，看著河水流過高處的岩縫和低矮山丘間的谷地。此地的阿爾卑斯山比較靠近湖邊，我們來到環繞阿爾卑斯山脈東界的山間平地。艾維昂圍繞在樹林間，其上是層層疊疊的群山，城中的尖塔忽隱忽現。

原本吹得我們疾行的風兒，在傍晚時分轉弱為輕柔的微風；我們靠岸時，溫和的氣流吹皺了水面，岸邊的樹木也輕輕搖曳，帶來花朵與乾草的芬芳。我們上岸時，夕陽已落入地平線，我一踏上陸地就感到恐懼與憂慮重現，不久將永遠糾纏不散。

23

我們八點時分上岸；我們在岸邊走了走，享受稍縱即逝的餘輝，然後回到旅舍，欣賞優美的水景山林。景色已在夜色中朦朧，但仍看得出黑暗的輪廓。吹至南方的風已經平息，這時吹起強勁的西風。月亮爬到天頂，正逐漸落下；烏雲飄過的速度快過禿鷹飛翔，掩蔽了月光，而湖面映著天上繁盛的景致，永不止息的波浪逐漸增強，讓此景更顯忙碌。這時突然下起一陣猛烈的暴雨。

白天時我心情始終平靜，然而當黑夜模糊了景物的輪廓，種種恐懼立刻爬上心頭。我焦躁警戒，右手抓著藏在胸前的手槍；任何聲響都令我驚恐，但我下定決心，願意付出我珍貴的性命，絕不逃避一戰，要和敵人拚個你死我活。

伊莉莎白有一陣子畏怯害怕地不說話，觀察著我侷促不安的模樣，但讓她恐懼的卻是我的眼神，於是她顫抖著問：「親愛的維克托，你為什麼這麼焦慮？你在怕什麼？」

「噢！沒事，沒事，親愛的，」我答道，「過了今晚，一切都會安然無恙；但今晚很可怕，讓人膽戰心驚。」

我在這樣的心境中度過一小時，突然想起這場隨時會發生的打鬥一定會嚇壞我妻子，於是懇請她去休息，而我決定在確認敵人的情況之前暫時別去陪她。

她離開之後，我繼續在房裡的走廊來回踱步，檢查所有敵人可能藏身的角落。但我沒找到他的蹤影，正當我開始覺得發生了某種好運讓他無法實踐他的威脅，卻突然聽到一聲驚恐的尖叫。尖叫聲來自伊莉莎白的房間。我聽見尖叫才恍然大悟，我兩手一癱，所有肌肉和組織的動作都停滯下來；我感到血液湧過血管，刺痛我四肢末稍。這狀態只持續了一瞬間；尖叫聲又響起，我衝進房間。

天啊！我為什麼沒當場死去！我為什麼還要在這裡重述最美好的希望和最純潔的生命毀滅的經過？我看到她毫無生氣地倒在床上，頭往下垂，頭髮半掩著她慘白扭曲的面孔。無論我到何處，那身影從此在我腦中揮之不去——她慘白的雙臂以及癱軟的身軀，被凶手丟在她新婚的棺架上。目睹這一景，我怎麼活得下去？唉！生命太頑固，就愛對最厭惡生命的人糾纏不捨。我暫時失去記憶，毫無知覺地倒在地上。

我甦醒時發現四周圍著旅舍裡的人；他們的表情焦慮驚恐，但他人的驚恐看在我眼裡並不真實，只是壓迫著我的感覺的影子。我逃開他們，來到伊莉莎白遺體所在的地方；我的愛，我的妻子，她不久前還活生生的，親愛而可敬。她已經被移動過了，不再是我先前看到的姿勢，這時頭枕在手臂上，一條手帕蓋住她的臉和頸子，看似睡著了。我衝向她，激動地抱住她，但冰冷無生氣的四肢讓我明白，我懷裡抱的不再是我深愛珍惜的伊莉莎白。她頸子上留下那惡魔的狠毒掐痕，脣間不再呼出氣息。

就在我仍絕望痛苦地抱著她時，我無意間抬起頭。房間的窗外原來一片漆黑，這時淡黃月光照亮房間，我看了一陣恐慌。窗板被打開了，一種難以言喻的恐懼感升起，我在敞開的窗邊看到世上最可惡又恐怖至極的身影。怪物咧嘴笑著；他伸出邪惡的指頭指向我妻子的遺體，似乎在揶揄我。我衝向窗戶，拔出胸前的手槍開火；但他躲開了，從原先的位置跳開，以閃電般的速度投入湖中。

槍響將一群人引入房裡。我指向他消失的地方，我們駕船追向他逃逸的方向，撒網打撈，但一無所獲。幾個小時過去，我們絕望地回頭，大部分的同伴都認為那是我想像出來的人影。上岸後，他們開始搜尋鄉間，幾支隊伍在林子和葡萄園中分頭搜找。

我打算跟他們去，走到離房子一小段距離的地方卻頭暈目眩，腳步像酒醉似地踉蹌，最後精疲力竭地倒下；我眼前彷彿蓋上一層薄幕，皮膚發燒乾熱。我就在這種情況下被帶回旅舍，並安置在床上，幾乎渾然不知發生什麼事；我在房裡不斷張望，像在尋找我失去的東西。

過了一陣子，我起身，直覺似地蹣跚走進我心愛妻子陳屍的房間。幾個女人圍著伊莉莎白哭泣；我俯身在遺體上，和她們一同哀哭；這段時間裡，我腦中沒有特別的念頭，但我的思緒一直圍繞在幾件事之間，不斷困惑地思考我的不幸與箇中原因。我茫然陷入驚懼之中。威廉的死，賈絲婷被處死，克萊瓦被殺，最後是我的妻子；當時我還不知道其餘的親友是否逃得過惡魔的惡意；家父可能此刻就在他的掌下垂死掙扎，恩奈斯特可能已經死在他腳邊。一思及此處，我直打哆嗦，想起應該即刻行動。我動身離開，決定盡快返回日內瓦。

我雇不到馬匹，因此只能循水路從湖上回去；然而風向不利船行，又下著滂沱大雨。幸好出發時還未天亮，按理推算，我可望在晚上到達。我雇人划船，自己也拿起槳，因為身體活動一向能舒緩我心靈的痛苦。但我此時感到悲苦排山倒海而來，強烈的焦躁讓我什麼也做不了。我拋下槳，頭枕在雙手上，屈服於腦中浮起的種種陰鬱念頭。如果我抬起頭，我會看到之前幸福時目睹過的風景，不過是前一天，我還在伊莉莎白的陪伴下欣賞這些景色，而她如今卻只是幽影，一個回憶。我眼中湧出淚水。雨勢稍停，我看到魚兒像幾個小時之前一樣在水中嬉戲；伊莉莎白曾經觀察過牠們。沒什麼比如此劇烈的變化更讓人心痛苦。太陽或許依然照耀，雲層或許低垂了些，但不論什麼景象，看在我眼裡都和前一天不同了。一個惡魔奪走我未來幸福的所有希望；世上沒有人像我一樣悲慘；如此駭人的事件史無前例。

但我何必詳述最後這個慘絕人寰的事件之後發生的事？我的故事駭人聽聞；我已經說到故事的最高潮，現在要說的部分想必會令你感到冗長瑣碎。要知道，我的親友被一一奪去，剩下我孤單一人。我的力氣已經用盡，而我必須簡短結束剩下的駭人故事。

我回到日內瓦。家父和恩奈斯特還活著，但父親聽到我帶回的噩耗，心灰意冷。他的身影猶在，他真是年高德紹的長者！但他的眼神空洞飄忽，眼中已經失去魅力與喜悅——他的伊莉莎白，比女兒更親的女孩，他以父愛全心溺愛她；他在人生遲暮時所愛的人不多，更渴切與存活的親人相伴。該死的惡魔讓他的灰髮更添淒涼，讓他在不幸中憔悴！他無法承受一樁又一樁的驚駭；生命的彈簧突然斷裂，他再也無法下床，沒幾天就在我懷裡過世了。

之後我怎麼了呢？我不知道；我失去知覺，只剩下黑暗和枷鎖壓迫著我。有時我夢見和年輕時的親友漫步在花開朵朵的草地和宜人的溪谷，但我醒來卻發現自己在地牢裡。憂鬱隨之而來，但我逐漸了解我的悲慘命運與當時的處境，這才獲釋出獄。據我所知，原來他們認為我瘋了，所以有好幾個月，我一直住在單人牢房裡。

要不是我恢復神智時，復仇之心也隨之甦醒，自由將是無用的恩賜。過去不幸的記憶折磨著我，我開始思索不幸的原因——我創造了那個怪物，我將毀滅我的悲慘惡魔帶到這個世界。我想起他，便陷入狂怒，我熱切祈禱，渴望逮住他，在他的頭上奮力一擊，以報深仇。

我的憤恨不久就不再限於無意義的期望；我開始思考抓住他的最佳方法；

獲釋一個月之後，我造訪城裡一位刑事法官，告訴對方我要提出控告，我知道是誰殺害了我的家人，請他發揮所有職權抓住殺人凶手。法官專注親切地傾聽。

「先生，請放心，」他說，「我會盡一切努力找到惡徒。」

「謝謝您，」我答道，「所以請您聽我接下來的證詞。這個故事太古怪，我擔心如果少了有說服力的事實，您不會相信。這個故事環環相扣，因此不可能是夢，我也沒有做假的動機。」我對他說話時，態度誠懇但平靜；我內心決定追捕毀滅我的人，至死方休，而這目標平息了我的痛苦，讓我暫時安於活著。這時我堅強而精準地簡述我的故事，準確指出日期，不曾落入謾罵與激動喊叫。

那位法官起先看來完全不敢置信，但隨著我繼續陳述，他愈聽愈專心，表現出興趣；我看到他有時恐懼戰慄，有時則露出驚詫的表情，但並未顯得難以置信。

我敘述完時如此作結：「我指控的是這個生物，希望您盡全力拘捕，給予制裁。這是您身為法官的職責，我深信並寄望您本著人類的情感，不會反對執行這些職責。」

這番話讓我聽眾的神情一變。他聽我的故事時，像在聽靈異故事或超自然事件一樣半信半疑；但懇請他正式採取行動時，他對我所說的故事又轉為難以置信。不過他回答得溫和：「我願意提供一切的幫助，協助你追捕那生物，但你提到的生物似乎擁有特殊的能力，可以將我的一切作為化為烏有。那生物能橫越冰河，住在無人敢闖入的洞窟巢穴中，有誰能追蹤得了他？何況，他犯罪後已經過了數個月，沒人推測得出他遊蕩到何處、可能住在什麼地區。」

「我相信他一定流連在我居住的地方附近，如果他真的藏身在阿爾卑斯山中，或許我們能像獵岩羚一樣追捕他，把他像獵物一樣殺死。但我了解您的想法；您不相信我說的話，無意追捕我的敵人，讓他得到應有的制裁。」

我說話時眼中冒出怒火；刑事法官駭然。「你誤會了，」他說，「我會努力幫忙，如果我能抓住那個怪物，一定讓他得到應有的懲罰。但聽你說到他的能耐，我擔心這樣不可行；因此在尋求所有適當辦法的同時，你應該做好失望的心理準備。」

「我辦不到；但我說什麼都是徒勞，我的復仇對您毫不重要。復仇雖然不是好事，但我承認這是我靈魂的唯一欲望。想起我縱放到這社會中的凶手依然活在世上，我的憤怒無以言喻。您拒絕了我合理的要求，因此我別無他法，我不論是生是死都將設法毀滅他。」

我說這番話時，激動得顫抖；我的神態中帶著某種瘋狂，以及我相信是傳說中昔日殉難者所有的高傲狂熱。然而，日內瓦刑事法官的心思顯然放在獻牲奉獻與英雄之舉以外的事情上，因此這樣崇高的心靈反倒顯得瘋顛。他像護士安撫孩子般努力安撫我，把我的經歷視為精神錯亂的影響。

「天啊，」我喊道，「你自以為是，多麼無知！住口，你不知道你在說什麼。」

我憤怒又心煩意亂地奪門而出，回去思考其他辦法。

24

目前我所有的思想都被吞噬殆盡。怒火鞭策著我；我想到復仇才勉強鎮定，才有力量；復仇塑造了我的感受，讓我偶爾慎思而平靜，否則我的命運只有精神錯亂或死亡。

我首先決定永遠離開日內瓦；從前幸福而被人所愛時，我愛我的祖國，但我身陷危厄，我的祖國便顯得可憎。我備妥一筆錢，帶上家母的一些珠寶，就這樣離開了。

我的流浪生涯就此展開，至死方休。我行遍世界許多地方，經歷了蠻僻之地生活的艱辛。我幾乎不知道自己是怎麼活下來的；好幾次在沙漠裡，我四肢無力地躺下，祈禱自己死去。但復仇之心讓我活了下來；我不敢就此死去，讓我的敵人活在這世界上。

我離開日內瓦時，第一要務是查出線索，以追蹤凶殘敵人的蹤跡。但我的計畫未定，我在市郊徘徊多時，不確定該走哪條路。夜晚降臨，我發現自己來到威廉、伊莉莎白和家父安眠的墓園。我進了墓園，走向標示他們墳墓所在的墓碑。萬籟俱寂，只聽見樹葉被風微微擾動的聲音；那一晚幾乎伸手不見五指，即使漠不關心的人看了那一景，也會覺得莊嚴感人。逝者的靈魂似乎在周圍閃過，在哀悼者的頭上投下陰影，我雖然有這種感覺，但什麼也看不見。

憤怒和絕望迅速取代了這一景最初激起的深沉悲傷。他們死了，而我仍苟活；殺害他們的凶手也還活著，我為了毀掉他，只能延長我令人厭倦的生命。我跪在草地上，雙唇顫抖親吻泥土，喊道：「我以膝下神聖的土地、身邊徘徊的鬼魂和我沉痛永恆的悲傷發誓，也以您，黑夜，和掌管黑夜的神靈發誓，我將追捕造成這般不幸的惡魔，和他相搏，直到一方死去。因此我會活下去；為了重大的復仇，我將再次看見陽光，踩在大地的青草上；若不是這樣，我應該再也無緣見到這些事物。逝者的靈魂，漂泊的復仇女神，我請求你們協助、引導我報仇雪恨。讓可惡該死的怪物嘗盡苦頭，讓他感受到折磨著我的絕望。」

我鄭重敬畏地呼喚，幾乎相信我死去親友的鬼魂聽到我的誓言，贊同我的心願，但說到最後，我陷入復仇的憤恨情緒，哽咽難言。

沉寂的夜裡，惡毒響亮的大笑回應了我。它在我耳畔沉沉響著良久；群山傳來回音，好似整個地獄用譏諷嘲笑環繞著我。那一刻，我應該發狂毀了自己可悲的性命，但誓言既出，我決心復仇。笑聲止息，這時一個熟悉可恨的聲音彷彿就在我耳邊冒出來，清晰地對我低語：「我很滿意，悲慘不幸的人！你決定活下去，我很滿意。」

我撲向聲音傳來之處，但魔鬼避開了我的攻擊。寬大的月輪突然升起，照著他扭曲駭人的形體，而他以非人的速度逃離。

我追著他，一連許多個月堅持不懈。我循著渺茫的線索，沿隆河的蜿蜒河道追蹤，但一無所獲。湛藍的地中海出現在我眼前，我恰巧看見那惡魔趁夜登上一艘準備駛往黑海的船躲藏起來。我乘上同一艘船出海，但不知怎地被他逃掉了。

在韃靼和俄羅斯的荒野中，他雖然設法躲過我，但我總是追著他的腳步。有時這恐怖的幽靈嚇著農人，他們會告訴我他的去路；有時他擔心我完全找不到他的蹤跡會絕望死去，因此留下記號引導我。雪花落在我頭上，我在白茫的平原上看到他龐大的腳印。你涉世未深，從前不知憂慮，還沒嘗過痛苦，你怎能了解我過去與當下的感受？我注定承受種種痛苦，其中寒冷、困乏和疲倦最不足道；我遭魔鬼詛咒，內心懷著永恆的地獄；但仍有個善靈跟著我，指引我的腳步，只要我喃喃抱怨，就會幫助我脫離看似無法克服的困難。有時我餓得體力不支，疲憊地倒下，沙漠中就會出現一餐食物讓我恢復體力和精神。食物粗糙，像鄉下人的食糧，但我深信那是我喚來相助的靈魂所準備的。經常，當四周一片乾涸，天上萬里無雲，而我口渴難耐的時候，就會有一小片雲遮蔽天空，落下幾滴雨水供我飲用後就立刻消失。

我盡可能沿著河道走，但那個魔鬼通常避開河邊，因為鄉間的人口主要就聚集在那裡。其他地方很少見到人跡，而我通常靠著偶然發現的野生動物果腹。我身上帶著錢，靠著散財換取村人的善意；或是帶著我獵到的食物，自己留下一小部分，其餘拿來報答那些提供我爐火和炊具的人們。

我厭惡我這樣的人生，只有在睡夢中才能感到喜悅。美妙的睡眠啊！處境最淒慘時，我時常沉沉睡去，而我的夢境撫慰我，甚至讓我狂喜。守護我的幽靈讓我擁有這些快樂的片刻、甚至數小時，藉以恢復精力，完成我漫長的旅程。少了這樣的喘息，我應該承受不住勞苦。白天時，我靠著夜晚將降臨的希望支撐，藉此得到激勵，因為夢中我能見到我的親友、我的妻子，和我親愛的國家；我再次見到家父慈祥的容顏，聽見伊莉莎白銀鈴般的聲音，看見克萊瓦散發著健康與青春的光采。艱苦跋涉而疲憊不堪的時候，我時常說服自己我在做夢，直到夜晚降臨，我才會投入我摯愛親友的懷抱享受真實。我對他們的愛是多麼令人痛心！我是多麼緊抓著他們親愛的身影，因為偶爾在我清醒的時候，他們依舊縈繞在我腦海，讓我相信他們還活著！這些時刻，我心中燃燒的復仇之火止息，而摧毀惡魔不再是我靈魂深切的欲望，而比較像上天交付的任務，是我受到某種我所不知道的力量驅策。

我不知道我追捕的對象有什麼感觸。有時他的確在樹皮上留下文字，或在石頭留下刻痕引導我、激怒我。其中一段可辨的刻文是這麼寫的：「我的宰制還沒結束。你活著，我就擁有力量。跟著我吧，我將前往北方永恆的冰雪中，你將感到寒冷與霜雪的淒涼，而我毫無所覺。只要你沒太晚跟來，你會在這地方找到一隻死掉的野兔，把野兔吃了，補充精力。來吧，我的敵人，我們還得以性命相搏，在那之前，你得承受艱難痛苦的漫長時光。」

輕蔑的魔鬼！現在我再一次誓言報復，可恨的惡魔，我再次詛咒你痛苦死去。除非我或他喪命，否則我絕不會放棄追尋；到時候，我將欣喜若狂地和伊莉莎白及辭世的親朋重逢，而他們現在正為我準備獎賞，獎勵我沉悶的辛勞和漫長可怕的旅程！

我前往北方的路途中，雪勢變大，寒意加劇，幾乎令人無法忍受。農人都在他們的小屋裡避寒，只有少數最不怕冷的人，才出門捕捉迫於飢餓從藏身處出來覓食的動物。河川結了冰，抓不了魚；我因此失去了維生主要的食物來源。

我愈是辛勞，我的敵人就愈得意。他曾經在留下的刻文中這麼寫：「做好心理準備！你的苦難才剛開始；裹上皮毛，備妥食物，因為我們即將踏上的旅途中，你吃的苦只會滿足我心中永懷的憤恨。」

這些奚落的言語激勵了我的勇氣和意志；我決心不放棄目標，我懇求上天幫助，繼續懷著不懈的熱情越過遼闊的野地，直到海洋出現在遠方，畫出海天之間的界線。噢，這景色和南方豔藍的海洋多麼不同！冰雪覆蓋下，大海和陸地的唯一分野是無以比擬的荒涼和崎嶇。希臘人從亞洲的丘陵看到地中海時喜極而泣，歡呼他們的勞苦即將結束*。我沒有流淚，而是跪倒在地，全心感謝我的守護天使讓我雖被敵人奚落，仍然安全到達希望中的目的地，對上他，和他相搏。

那之前的幾個星期，我得到雪橇和狗隊，得以用超乎想像的速度在雪上移動。我不知道惡魔是否有同樣的優勢，但我先前捉捕他時逐日落後，那時卻發現我漸漸追上他，在我見到冰海的時候，他只領先我一天的路程，我希望在他到達岸邊之前攔截到他。因此我懷著新生的勇氣繼續趕路，兩天內到達了岸邊一個破敗的村落。我詢問當地居民那個惡魔的事，得到了詳細的資訊。他們說，前一晚有個龐大的怪物出現，他帶著獵槍和好幾把手槍，但他駭人的容貌嚇跑了一間農舍裡的人。他拿走他們過冬的存糧放到一架雪橇上，抓走一大群受過訓練的拉橇狗，讓牠們戴上鞍具，然後，令驚恐的村民如釋重負的是，他駕著雪橇繼續越過冰海，朝沒有陸地的方向駛去；他們猜測他很快就會跌入冰中而死，或在永恆的霜雪中凍死。

我聽了這個消息，一時感到一陣絕望。他又從我手中逃走，而我將踏上幾乎不見止境的死亡旅程，越過冰山，即使當地人也難忍受那樣的酷寒，我是在陽光充足的溫和氣候中長大的人，絕對沒希望活下來。然而我一想到惡魔會活著得到勝利，怒火和復仇的欲望又燃起，就像巨濤一樣淹沒了其他所有感覺。稍事休息時，死者的靈魂在我身邊徘徊，鼓舞我不畏艱難，報仇雪恨，醒來後，我便為我的旅途做好準備。

我將陸地上的雪橇換成適合在崎嶇的結凍海面前進的雪橇，買了豐富的補給，然後離開陸地。

我算不清那之後過了多少天，但我嘗盡了苦頭，如果不是我心中燃著對正義的制裁的永恆堅持，我一定撐不下去。高大崎嶇的冰山時常擋住去路，而我常聽見威脅生命的巨濤轟然巨響。但冰雪再度降臨，讓海上的路途堅固牢靠。

按照補給消耗的情況推測，我這段旅程應該持續了三個星期，我的期待不斷落空，又在心中重新燃起，我的眼中流出憂愁苦澀的淚水，絕望差點就擒住了她的獵物，而我很快就要被不幸吞沒。有一次，可憐的狗兒費盡力氣爬上冰山的坡頂後，其中一隻虛弱而亡，而我苦惱地看著面前一片蒼茫，突然間，我的眼睛在昏暗的冰原上瞥見一個黑點。我瞇著眼想看清那是什麼，當我看出那是一架雪橇，雪橇裡有個熟悉的巨大身影時，我驚喜地狂吼。噢！希望在我心

*：指西元前四〇一年希臘傭兵參與波斯內戰之後返鄉的經過，希臘史學家色諾芬（Xenophon, 430BC-354BC）曾參與其中，並依此寫成《長征記》（*Anabasis*）。

中重現！我眼中湧出溫熱的淚水，我匆匆揩去眼淚，以免阻擋了惡魔的身影；但灼熱的淚仍然模糊了我的視線，最後我屈服於煎熬我的情緒，痛哭出聲。

但此時刻不容緩；我解下死去的狗兒，給其餘的狗兒充足的食物，休息了一小時之後——這是絕對必要的，雖然令我焦躁難耐——再次踏上旅程。我還看得到那輛雪橇，除了偶爾有冰岩的岩壁干擾，我再也沒失去雪橇的蹤跡。我明顯逐漸追上，經過將近兩天的旅程，我看到我的敵人在不到一哩之外，我的心砰砰狂跳。

如今仇敵似乎伸手可及，我卻突然感到絕望，而且從來不曾像這樣完全失去他的行蹤。我聽到巨濤的聲響；海水在我下方翻騰湧流，巨濤襲來的隆隆聲一分一秒愈加恐怖不祥。我繼續追趕，但一無所獲。起了風，大海咆嘯；然後在地震似的一陣劇烈震動中，冰面裂開，發出震耳欲聾的巨響。一切很快就結束；幾分鐘內，我和我的仇敵之間只剩一片波濤洶湧的大海，而我漂在一片裂開的浮冰上，浮冰的面積逐漸縮小，駭人的死亡步步逼近。

就這樣，我度過了恐怖的幾個小時；我的幾隻狗死了，而我也將沉沒於高漲的絕望之下，卻看到你的船下了錨，給了我援救和求生的希望。我不知道船隻會來這麼北方的海域，看到此景十分驚訝。我立刻拆下部分的雪橇造了一根槳，辛苦不堪地將我的冰筏划向你們的船。如果你們要往南去，我決定不放棄目標，將自己交給大海處置。我當時希望說服你們給我一艘小船，讓我追捕仇敵。但你們要往北去，而且在我精疲力竭之時讓我上船，我原本即將在種種重擔之下沉沒死去，而那正是我最為恐懼的事，因為我的目標尚未達成。

喔！將我帶向那個惡魔的守護靈，何時才能讓我得到夢寐以求的安寧；難道我將死去，而他仍會活著？如果我死去，華頓，請發誓你不會讓他逃脫，你會找到他，以他的死告慰我的復仇之心。但我豈敢要求你為我踏上復仇之路，忍受我經歷過的艱苦？不，我沒那麼自私。但我死去之後，如果他出現，如果復仇女神將他引向你，你要發誓絕不讓他活著——他將不會戰勝我屢屢的悲痛，不會活著再添一筆他邪惡的罪行。他善辯又擅於說服人，我的心曾經受他的言語擺布，但切勿相信他。他的靈魂和他的外貌一樣駭人，既不可靠，又充滿殘暴。千萬別聽他說的；呼喚威廉、賈絲婷、克萊瓦、伊莉莎白和家父，還有悲慘的維克托的名字，然後將你的劍刺入他的心臟。我會在一旁徘徊，讓鋼刃正中目標。

華頓，續前信

一七XX年八月二十六日

瑪格莉特，妳讀完了這個詭異驚悚的故事，難道不像我現在一樣，恐懼到血液都凝結了嗎？有時他會突然痛苦得說不下去；有時他的嗓子哽咽卻淒厲，困難地吐出充滿悲痛的話語。他俊美動人的雙眼時而散發憤慨的光芒，時而緩和為頹喪的悲傷，在無盡的淒涼中光彩全失。有時他努力控制自己的表情與語氣，完全壓抑焦躁的表現，以極為鎮定的聲音描述最駭人的事件；接著又像火山爆發似地，臉上突然露出暴怒的表情，尖聲詛咒他的迫害者。

他的故事前後連貫，彷彿敘述的是最簡單的事實，但我得承認，無論他所言多麼誠懇且具連貫性，主要是費利克斯和莎菲的往來信函，以及我們從船上瞥見的怪物身影，讓我較相信他敘述的真實性，而非他單方面所做的陳述。那樣的怪物居然真的存在！我並不懷疑，然而我卻驚歎與欽佩得無法自己。有時我設法讓法蘭肯斯坦說出他創造那個怪物的細節，但他對此毫不鬆口。

「朋友，你瘋了嗎？」他說，「你愚蠢的好奇心想將你引到何處？難道你也打算在這世上創造一個惡魔般的仇敵？冷靜，冷靜！從我的不幸中學到教訓，別徒增自己的不幸。」

法蘭肯斯坦發現我記下他的故事；他請我將筆記給他看，改正增添了多處，但主要是將他和仇敵的對話做更真實傳神的補述。他說：「既然你記下了我的敘述，我當然不希望殘缺不全的故事流傳下去。」

一星期的時光，就在聆聽這個超乎常人所能想像的奇異故事中逝去。這個故事和我客人高尚和善的態度讓我產生興趣，使得我的思緒和靈魂中的一切感受都沉浸其中。我希望安撫他，但我能勸告悲慘至極、失去一切慰藉希望的人活下去嗎？唉，不行！他現在唯一的喜悅，是他殘破孤寂的靈魂得到安息永眠。然而他也得到安慰，那是孤寂和幻象造成的結果；他相信他在夢中能和他的親友交談，而且那樣的交流能慰藉他的悲慘，或激起他的復仇之心；他深信他們不是幻想的產物，而是他們本人從遙遠的世界造訪他。這樣的信念賦與他的幻想一分莊嚴，讓我覺得這些幻想幾乎像現實一樣令人印象深刻且饒富趣味。

我們的對話並不限於他的過去與不幸。他對大眾文學展現無盡的知識與銳利敏捷的理解。他的口才感人而有說服力；他談起悲慘的事件或試圖引人同情或關懷時，我總是忍不住淚水。他在潦倒落魄時也如此高貴聖潔，在他順遂時該是多麼輝煌的人物！他似乎很清楚自己的價值，也明白自己墜落得多重。

「年輕的時候，」他說，「我相信自己注定完成偉大的志業。我雖然感情豐富，卻也擁有冷靜的判斷力，因此可望有一番成就。這種自知之明對他人而言或許很沉重，但對我卻是助力，因為我認為這些天賦對我的同胞應該大有用處，若因為無意義的傷悲而白費了天賦是種罪惡。回顧我完成的工作，我起碼創造了情感與理性兼具的生物，因此我無法將自己視為一般的創造者。這個念頭雖在我事業開端時支持著我，現在卻讓我更加狼狽。我的一切思考與期望彷彿一場空，而我就像渴望無所不能的大天使一樣，也被囚禁在永恆的地獄。我的想像力固然豐富，但我分析實踐的能力很強；這些特質讓我有了創造人類的構想，並加以實現。即使現在，回想起工作尚未完成時的那些幻想，我仍然熱血沸騰。我漫天遐想，時而因自己擁有的力量而沾沾自喜，時而為它的效用感到焦急。我從小就被灌輸了高遠的理想和雄心壯志，但我一敗塗地！唉！我的朋友啊，如果你認識從前的我，看到我如今頹喪的模樣肯定會覺得判若兩人。從前我很少感到沮喪；崇高的命運似乎支持著我，直到我墜落，永遠一蹶不振。」

我非得失去這個令人敬仰的人嗎？我一向渴望有個朋友；我一直在尋找可以與我共鳴、也愛我的人。看哪，我在荒涼的海上找到了這樣一個人，然而遇見他，卻只是為了明白他多麼寶貴，然後再次失去他。我希望他好好活下去，但他厭惡這個念頭。

「華頓，謝謝你對我這悲慘的人抱著善意，」他說，「但你談到新的情誼和初生的友愛，你認為它們可能取代逝去的那些人嗎？誰能取代克萊瓦對我的意義，哪個女人能成為另一個伊莉莎白？即使沒有任何更優秀的特質能激起我們強烈的喜愛，我們兒時的同伴永遠在我們心中占有一席之地，之後的朋友也難以匹敵。我們知道彼此幼時的性情，不論我們之後受到什麼影響，當時的個性永遠無法抹滅。而他們能判斷我們的行為動機是否誠正，可以做出較肯定的結論。兄弟姊妹絕不會懷疑彼此使詐或欺騙，除非先前曾有那樣的跡象；換作是朋友，不論雙方的友情多麼濃烈，也可能不由得懷疑對方。但我從前喜歡朋友，不只是因為習慣與交情才珍視他們，也是因為他們有優點；如今我不論身在何處，耳邊總是聽見伊莉莎白柔情的聲音和克萊瓦的談話。他們已死，在那樣的孤寂中只有一種情感能勸我活下去。如果我參與的是偉大的工作或計畫，對我的同類大有幫助，我會活下來完成我的工作。但我的命運不是如此；我必須追捕、毀滅我賦與生命的生物，屆時我在人世的命運將完成，我也終於得以安息。」

九月二日

親愛的姊姊：

我在危機環伺的情況下寫信給妳，無從知道我是否還見得到親愛的英格蘭和那裡更親愛的親友。我被冰山圍繞，無處可逃，冰山時時刻刻威脅著壓毀我的船。我說服成為同伴的勇敢人們向我求助，但我無能為力。我們的處境實在險惡，我仍然心懷勇氣，抱著希望。不過想到這些人的性命都因我而陷於危險，實在教人驚懼。如果我們送了命，罪魁禍首就是我的瘋狂計畫。

瑪格莉特，如果那樣的話，妳會怎麼想？妳不會聽到我死去的消息，妳將永遠等我回去。一年年過去，妳將時而絕望，又受希望煎熬。噢，親愛的姊姊，想到妳由衷的期待落空，對我而言比自己的死亡更加恐怖。但妳有丈夫，也有可愛的子女，妳應該能夠快樂起來。願上天祝福妳，讓妳幸福快樂。

我不幸的客人以最深切的憐憫看待我。他像是珍惜生命似地盡力激起我的希望。他提醒我，同樣的意外時常發生在航行在這片海域的其他航海家身上，而他讓我不禁樂觀。就連水手們也感受到他口才的魔力；他說話時，他們不再絕望；他提振了他們的精神，當他們聽見他的聲音時，他們相信那些巨大的冰山不過是鼴鼠丘，會因人類的決心而消失。然而，這樣的感覺並不持久；期待落空的每一天都讓他們滿心恐懼，而我有點擔心這樣的絕望將引起叛變。

九月五日

剛剛發生了極不尋常的情況，這些信雖然很可能送不到妳手裡，但我還是忍不住想記錄下來。

我們依然被冰山環繞，隨時可能因為冰山相撞而被壓沉。嚴寒刺骨，許多不幸的同僚已經在這孤寂的景象中喪生。法蘭肯斯坦的健康狀況日日惡化；他眼中仍燃著一股狂熱之火，但他已經精疲力竭，突然耗些體力，他就會迅速衰弱，變得奄奄一息。

我在上一封信提過我擔心會發生叛變。今天早上，我坐著注視我朋友憔悴的面容，看他雙眼半閉，四肢無力鬆垂，這時五、六名水手鼓譟起來，要求進入艙房。進門後，領頭的人說話了。他說其他水手選出他和他同伴為代表，向我提出不容拒絕的正當要求。我們困於浮冰之中，很可能永遠無法逃脫，但他們怕的是浮冰散去，能自由航行之後，我會輕率地決定繼續航程，在他們慶幸逃過一劫之後又帶他們投入新的危險。因此，他們堅持我應該鄭重保證，只要船脫困，我會立刻讓船向南航行。

這番話令我苦惱。我還沒絕望，也沒考慮脫困之後返航。但我能義正辭嚴，或甚至有可能拒絕這個要求嗎？我遲疑了，而法蘭肯斯坦原先一直保持沉默，而且看起來的確無力參與討論，這時卻爬起身；他眼中散發著光芒，兩臉泛著暫時的紅暈。他轉向眾人，說道：

「你們是什麼意思？你們要求你們船長做什麼？原來你們這麼容易從原本的計畫退縮嗎？你們不是說這是場榮耀的遠征嗎？而且何謂榮耀？並不是因為航程像南方的大海一樣平靜無波，而是因為充滿危險與恐怖，因為每一次面對新狀況，你們都會喚起堅忍不屈的精神，發揮勇氣，因為有危厄與死亡環繞，而這些正是你們需要勇敢面對加以克服的。因此，才有榮耀，因此，才是光榮的事業。因此你們才會被視為造福人類之人，你們將和為了榮譽和人類福祉而不畏死亡之人一同受人景仰。結果呢，瞧瞧，才剛遇上想像中的危險，或可以說，你們的勇氣才初次受到強大可怕的考驗，你們就退縮了，甘於被視為無法忍受寒冷和危厄的人；可憐人吶，因為凍著了，就回到溫暖的爐邊。唉，若是這樣，那根本用不著做這些準備；你們無須跋涉到這麼遠的地方，讓你們的船長陷入失敗的羞恥中，只為了證明自己是懦夫。噢！做個男子漢吧，或者，做個比男子漢更男子漢的人。對目標不屈不撓，像岩石一樣堅定。寒冰或許還不如你們的心堅強；冰塊脆弱，只要你們堅持不被阻擋，它就無法阻擋你們。別在額前帶著恥辱的烙印回到你們家人身邊。要以曾經奮鬥而征服，不知逃離仇敵為何物的英雄身分回去。」

他說話時，聲音隨著言語所表達的不同情感而有抑揚頓挫，眼中充滿崇高的理想和英勇的氣概，也難怪那些水手都深受感動。他們面面相覷，無法回答。而我說話了；我要他們回去休息，好好思考他的話，如果他們堅決反對，我不會繼續帶他們向北，但我希望他們思考一番以後會生出勇氣。

他們退下，我轉身面對我的朋友，但他倦怠無力，幾乎沒了氣息。

我不知道一切會如何收場，我寧死也不願在目標未達成之前羞恥地回航。不過我擔心我的命運會是這樣；那些人沒有榮耀與榮譽的思想支撐，絕不願意繼續承受眼前的艱難。

九月七日

骰子擲下；我答應我們若逃過一劫，會立刻返航。於是我的希望毀於懦弱和優柔寡斷；我將不會有新發現，失望地回航。我還不夠豁達，無法耐心忍受這樣的不公。

九月十二日

事情結束了；我正在返回英格蘭的途中。得到榮耀與造福世人的希望已經完全落空；我也失去了我的朋友。但我會盡可能把悲慘的遭遇詳述給妳，親愛的姊姊，在我航向英格蘭、航向妳身邊的途中，我不會灰心喪志。

九月九日，浮冰鬆動，遠方傳來雷鳴般的轟隆聲，四面八方的冰山碎裂散開。我們處境危急，只能按兵不動，而我的注意力全放在不幸的客人身上，他大為衰弱，完全無法下床。我們後方的浮冰裂開，被強力推向北方；西方起了一陣微風。十一日，往南的航道完全暢通了。水手們一發現這情況，明白他們顯然可以返回祖國，於是齊聲歡呼，聲音響亮而持續不休。法蘭肯斯坦正在打盹，這時醒來問我騷動所為何來。我說：「他們是為我們將返回英格蘭而歡呼。」

「所以，你真的要折返嗎？」

「唉！是的；我拒絕不了他們的要求。我不能違反他們的意願帶他們陷入危險，所以我得回頭。」

「想回去就回去吧，但我不會回去。你放棄了你的目標，但我的目標是由上天指派，因此我不敢放棄。我雖然虛弱，但助我報仇的靈魂絕對會賜我足夠的力氣。」他說完竭力想下床，然而這番活動對他而言太激烈了；他倒回床上失去意識。

他過了很久才恢復，我常以為他已死去。最後他睜開眼睛，呼吸困難，無法言語。醫生給了他一顆鎮定劑，要我們別打擾他，同時告訴我，我的朋友只剩幾小時的生命。

判決已定，而我只能悲傷並保持堅忍。我坐在床邊看著他；他閉著眼，我以為他睡著了，但不久之後他虛弱地呼喚我，要我湊近。他說：

「唉！我所依賴的氣力已經消散，我覺得我即將不久於人世，而他，我的仇敵和迫害者，可能仍活著。華頓，我在此生最後的片刻仍懷著先前我說的激烈仇恨和報仇的渴望，但我覺得自己希望仇敵死去是正當無罪的。在最後這段日子裡，我一直回顧我過去的作為，我覺得我此生無咎。我因為一陣狂熱而創造了有理性的生物，而且在我的能力範圍內，有責任確保他的幸福與快樂。

「這是我的義務，然而還有一個責任比它更重要。我更專注於對人類同胞的責任，因為這涵蓋了更大比例的幸福與悲慘。基於這樣的觀點，我拒絕為第一隻怪物創造他的同伴，而且我拒絕得有理。他邪惡的狠毒與自私無可比擬；他殺害了我的親友；他誓言毀滅擁有美妙感知、快樂與智慧的人類；我不知道他復仇的渴望何時才會平息。他如此可悲，應當死去，不該再讓其他人不幸。我有責任殺了他，但我失敗了。我之前受到自私狠心的動機驅使，請你繼續我未完的工作，現在我基於理性和善意，再次求你答應。

「但我無法要求你拋下你的祖國與親友，完成這個重任；而且如今你將返回英格蘭，見到他的機會微乎其微。但這些問題，以及如何平衡你肩上的責任，都留待你考慮；我的思考和判斷力已經因為死亡逼近而被擾亂。我不敢要求你做我認為正確的事，因為我可能仍被狂熱誤導。

「想到他可能活下去繼續為非作歹，我很苦惱；然而此刻我隨時就要解脫，這是幾年來我第一次感到快樂。我親愛的死去親友們的形影飄過我眼前，我急著投入他們的懷抱。華頓，永別了！在寧靜中追尋幸福，棄絕野心，即使只是單純地想讓自己在科學和探索的領域出人頭地。但我為何說這種話？我自己在追求這些希望時一敗塗地，但換作別人可能會成功。」

他說話時聲音愈來愈虛弱，最後精疲力竭地沉默下來。大約半小時之後，他又試圖開口，卻說不出話；他無力地捏捏我的手，便永遠闔眼，脣邊掠過一抹溫柔微笑的光輝。

瑪格莉特，榮耀的生命終於消殞，我能說什麼呢？我如何讓妳明白我多麼沉痛？我表達的言語永遠薄弱而不足。我淚眼潸潸；我的心籠罩著失望的陰霾。但我正朝英格蘭而去，我也許會在那裡找到安慰。

我的思緒中斷。這聲音意味著什麼？時值午夜，微風輕拂，甲板上的守望員幾乎沒有動靜。又有聲音傳來，類似人聲但比較沙啞；聲音來自擱置法蘭肯斯坦遺體的艙房。我得起身察看。晚安了，姊姊。

老天啊！剛剛發生的那一幕真教人難以形容。我回想起來，還有點暈眩。我不知道我有沒有力氣描述；不過少了最後這奇特的悲慘結局，我記錄的故事就不完整。

我進入命運悲慘的可敬朋友遺體擺放的艙房，有個我無法形容的形體俯身在他上方——那東西龐大無比，比例卻突兀扭曲。他趴在棺材上，臉被一綹綹參差不齊的長髮遮掩；他伸出一隻大手，膚色與質地和木乃伊無異。他聽到我靠近的聲響，不再吐出悲傷淒慘的吶喊，衝向了窗邊。我沒看過像他的臉那麼駭人的景象，他的面貌令人作嘔，怵目驚心。我不由自主閉上眼，努力思索我對這個毀滅者應盡的責任。我叫他別走。

他停頓一下，目光驚詫地看著我，然後又看看他的創造者毫無生息的身軀，似乎忘了我的存在，似乎有某種無法自制的強烈狂怒，讓他的神情與姿態激動無比。

「他也是我的受害者！」他喊道，「他的死終結了我的罪行；我生命中的一切災難即將落幕！噢，法蘭肯斯坦！慷慨又自我犧牲的人啊！我現在請你原諒有什麼用？我害死你愛的所有人，無法彌補地毀了你。唉！他屍骨已寒，再也無法回答我了。」

他的聲音似乎哽咽，而我最初的衝動是完成我朋友臨死前想殺死仇敵的願望，這時卻因為好奇與憐憫的複雜心情而消失了。我靠近這龐然巨物，他醜惡的容貌太過怪異恐怖，我不敢抬眼注視他的臉。我試圖開口，但話語在我脣邊消散。怪物繼續說出瘋狂而不連貫的自責。最後我下定決定，在他激動暫緩的當兒，對他開口了。

「你現在懊悔已經無用，」我說，「如果你曾傾聽心中良知的聲音，在你將窮凶惡極的報復做得這麼極端之前，注意你心中悔憾的痛楚，那麼法蘭肯斯坦還會活著。」

「你在做夢嗎？」惡魔說，「難道你覺得我沒有痛苦和悔憾？他啊，」他指著屍體，繼續說，「他在創作完成之後所受的痛苦，和我復仇時感受到的痛苦相比，不及萬分之一。悔憾荼毒著我的心，可怕的自私卻催促著我。你難道以為克萊瓦的呻吟聽在我耳裡像樂音？我的心生來就容易受到愛和憐憫的影響，當不幸的遭遇將它扭曲成惡意與仇恨時，它在經歷這個激烈變化時所承受的折磨，不是你所能想像的。

「殺死克萊瓦之後，我心碎痛苦地回到瑞士。我同情法蘭肯斯坦，最後同情演變為恐懼；我憎恨我自己。但我發現創造我又使我陷於極端痛苦的這個人，居然敢希求幸福，他讓我不斷經歷不幸與絕望，卻試圖在我永遠無緣沉溺的那種喜悅中享有情感和熱情，這時，一股無力的嫉妒和痛心的憤慨讓我心中充滿無法扼抑的復仇渴望。我記起自己所做的威脅，決定實踐。我知道我將讓自己陷入痛苦折磨，但我受制於我厭惡卻無法違抗的衝動，無法自拔。不過，當她死去時，我並不覺得悲慘。我已拋開了一切感受，壓制了所有痛苦，沉溺於我無盡的絕望中。邪惡於是成為我的善。被迫至此，我別無選擇，只能讓我的天性適應我自願選擇的部分。我心中有股無法滿足的渴望，想完成我瘋狂的計畫。如今，一切結束了；那就是我最後的受害者！」

他描述的不幸起先令我動容；然而，我想起法蘭肯斯坦提過他的口才和說服力，當我的目光再次望向我朋友毫無生命的軀體，我心中再次燃起憤慨。「怪物！」我說，「太妙了，你竟然跑來抱怨你所造成的不幸。你將火把丟進一堆建築裡，建築燒成灰燼之後，你又坐在廢墟裡，悲嘆房舍毀損。偽善的惡魔！如果你哀悼的人還活著，你可惡的復仇計畫仍會以他為目標，他仍會是你的獵物。你感受到的不是憐憫；你之所以悲嘆，只是因為你惡行的受害者不再受你支配。」

「噢，不是這樣——不對，」那怪物打斷我的話，「我所作所為給你的印象顯然是這樣。不過我並不求有人對我的不幸感同身受，我永遠得不到一絲憐憫。我起先追求的，是對美德的愛好，是充滿我心中那種幸福與親愛的感覺，而我希望與人分享這些。但現在那美德已經成為我的陰影，幸福與親愛的感覺化為悲慘與可憎的絕望，而我該向何處尋求憐憫？我安於繼續承受折磨；我死時，我會很滿足記憶中滿是恐怖與恥辱。美德、名譽和喜樂的夢想，曾經撫慰了我的想像。我曾經奢望世上有人能包容我的外貌，因為我能展現美好特質而愛我。我曾受到榮耀與奉獻的思想滋養，但現在，罪行已經讓我墮落為最卑鄙的禽獸。世上任何罪行、危害、殘酷或不幸，都比不上我的所作所為。我回想我種種可怕的罪狀，無法相信我的腦中曾經對善良的莊嚴與美好充滿崇高超非凡的憧憬。但事實就是如此，墮落的天使成了邪惡的魔鬼。然而，即使上帝的敵人在悲慘中也有朋友和同伴，我卻孤單於世。

「你自稱法蘭肯斯坦是你的朋友，似乎了解我犯的罪和他的不幸。但他對你描述的細節中，無法判斷我在無濟於事的憤怒中度過多少時刻與歲月。因為，我雖然毀了他的希望，卻無法滿足自己的渴望。我的渴望永遠熱烈，我依然希望得到愛和友誼，但我依然受到拒絕。難道這樣不算不公平嗎？全人類都迫害我，該把我視為唯一的罪人嗎？費利克斯傲慢地將朋友趕離他的家門，為什麼不去恨他？為什麼不去責怪想害死他孩子救命恩人的鄉下人？不，他們都是善良無疚的人類！我呢，我是被拋棄的悲慘傢伙，只是失敗的產物，注定遭到唾棄，被踢踹踐踏。現在想到這樣的不公，我仍然熱血沸騰。

「但我的確卑鄙。我殺害了美麗無助的人；我在無辜的人在睡夢中時勒死他們，掐死從未傷害我或任何生命的人。我致力讓我的創造者陷入不幸，他是值得愛與敬重的人類模範，我糾纏著他直到無法挽回的毀滅成真。他蒼白冰冷的遺體躺在那裡。你恨我，但你的厭惡比不上我對自己的憎恨。我低頭看著這雙犯下罪行的雙手，我想到這顆時常回想起那些罪行的心，不禁渴望這雙手摀住我的雙眼、那些想像不再縈繞我腦海的時刻會到來。

「別擔心我未來還會繼續作惡。我的工作就快結束了。為我的一連串作為作結，並成就必須完成之事，需要的不是你或任何人的死，只需要我死去。別以為我想到犧牲會遲疑。我會離開你的船，跳到載我來到此處的浮冰上，尋找極地的最北端；我會堆起我的火葬台，將這悲慘的身軀燒成灰燼，讓好奇褻瀆的惡人從殘骸得不到任何線索，無法創造像我這樣的生物。我將死去。我將不再感到充斥我心的痛苦，或困於無法滿足也無法扼抑的感覺。死去的這個人創造了我，我一旦不再存在，關於我們倆的記憶都將灰飛煙滅。我再也不會看到太陽或星星，感覺到風撫弄我的臉頰。光明、感受和意識都會消失；那時我才能找到快樂。幾年前，這世界的影像首次展現在我眼前，我感到夏日愉悅的溫暖，聽到樹葉的窸窣和鳥兒的鳴叫，而這些就是我所擁有的一切時，我就該喜泣而亡；如今，死是我唯一的安慰。我已經被罪惡玷汙，飽受猛烈的悔恨煎熬，除了一死，我如何安寧？

「珍重！你將是我這雙眼睛最後見到的人類。法蘭肯斯坦，再會了！如果你還活著，還想向我報仇，那麼與其讓我死去，不如讓我活著。然而並非如此；你希望我死去，以免我造成更大的危害；如果你以某種我不知道的方式仍在感覺、思考，其實你希望的報仇還比不上我現在的痛苦。你雖然毀滅，但我的苦痛更勝一籌，因為悔憾會讓我的傷口不斷作痛，直到死亡使之永遠癒合。

「但我就快死去，」他悲傷熱切地鄭重說道，「我將再也感覺不到目前的感受。不久，慘烈的不幸就將滅絕。我會以勝利之姿爬上我的火葬台，在火焰的痛苦折磨中歡騰。燃燒的光芒會消失；風會將我的骨灰吹進海裡。我的靈魂即將安眠，即使它會思考，也絕不再想這些事。別了。」

說到這，他從艙房的窗戶一躍而出，跳到船邊的浮冰下。波濤隨即將他帶走，消失在黑暗的遠方。

國家圖書館出版品預行編目（CIP）資料

科學怪人 / 瑪麗.雪萊(Mary Shelley)著 ; 周沛郁譯. -- 初版. -- 臺北市 : 商周出版 : 家庭傳媒城邦分公司發行, 2014.03
面；　公分. -- (商周經典名著 ; 44)
譯自 : Frankenstein, or The modern Prometheus
ISBN 978-986-272-537-5(平裝)

873.57　　103001794

商周經典名著44
科學怪人（改版）

作　　者／瑪麗・雪萊（Mary Shelley）
譯　　者／周沛郁
企畫選書／余筱嵐
責任編輯／羅珮芳

版　　權／吳亭儀、江欣瑜
行銷業務／周佑潔、林詩富、賴玉嵐、吳淑華
總 編 輯／黃靖卉
總 經 理／彭之琬
事業群總經理／黃淑貞
發 行 人／何飛鵬
法律顧問／元禾法律事務所　王子文律師
出　　版／商周出版
115台北市南港區昆陽街16號4樓
電話：(02) 25007008　傳真：(02)25007759
E-mail：bwp.service@cite.com.tw
發　　行／英屬蓋曼群島商家庭傳媒股份有限公司城邦分公司
115台北市南港區昆陽街16號8樓
書虫客服服務專線：02-25007718；25007719
服務時間：週一至週五上午09:30-12:00；下午13:30-17:00
24小時傳真專線：02-25001990；25001991
劃撥帳號：19863813；戶名：書虫股份有限公司
讀者服務信箱：service@readingclub.com.tw
城邦讀書花園：www.cite.com.tw
香港發行所／城邦（香港）出版集團
香港九龍土瓜灣土瓜灣道86號順聯工業大廈6樓A室　E-mail: hkcite@biznetvigator.com
電話：(852) 25086231　傳真：(852) 25789337
馬新發行所／城邦（馬新）出版集團【Cite (M) Sdn Bhd】
41, Jalan Radin Anum, Bandar Baru Sri Petaling,
57000 Kuala Lumpur, Malaysia.
電話：(603) 90563833　傳真：(603) 90576622
Email: services@cite.my

封面設計／廖韡
內頁排版／立全電腦印前排版有限公司
印　　刷／韋懋實業有限公司
經 銷 商／聯合發行股份有限公司
地址：新北市231新店區寶橋路235巷6弄6號2樓
電話：(02)29178022 傳真：(02)29110053

■2014年3月18日初版
■2024年8月29日三版
定價300元

Printed in Taiwan

城邦讀書花園
www.cite.com.tw

 ISBN 978-986-272-537-5

商周出版

廣	告	回	函

北區郵政管理登記證
北臺字第000791號
郵資已付，免貼郵票

115　台北市南港區昆陽街16號8樓

英屬蓋曼群島商家庭傳媒股份有限公司城邦分公司　收

請沿虛線對摺，謝謝！

商周出版

書號：BU6044Y　書名：科學怪人（三版）　編碼：

請於此處用膠水黏貼

商周出版

讀者回函卡

感謝您購買我們出版的書籍！請費心填寫此回函卡，我們將不定期寄上城邦集團最新的出版訊息。

線上版讀者回函卡

姓名：＿＿＿＿＿＿＿＿＿＿＿＿＿＿＿ 性別：☐男 ☐女

生日：西元＿＿＿＿＿年＿＿＿＿＿月＿＿＿＿＿日

地址：＿＿＿＿＿＿＿＿＿＿＿＿＿＿＿＿＿＿＿＿

聯絡電話：＿＿＿＿＿＿＿＿＿＿ 傳真：＿＿＿＿＿＿＿＿＿

E-mail ：

學歷：☐ 1. 小學 ☐ 2. 國中 ☐ 3. 高中 ☐ 4. 大學 ☐ 5. 研究所以上

職業：☐ 1. 學生 ☐ 2. 軍公教 ☐ 3. 服務 ☐ 4. 金融 ☐ 5. 製造 ☐ 6. 資訊

☐ 7. 傳播 ☐ 8. 自由業 ☐ 9. 農漁牧 ☐ 10. 家管 ☐ 11. 退休

☐ 12. 其他＿＿＿＿＿＿＿＿＿＿＿＿＿＿＿

您從何種方式得知本書消息？

☐ 1. 書店 ☐ 2. 網路 ☐ 3. 報紙 ☐ 4. 雜誌 ☐ 5. 廣播 ☐ 6. 電視

☐ 7. 親友推薦 ☐ 8. 其他＿＿＿＿＿＿＿＿＿＿＿＿

您通常以何種方式購書？

☐ 1. 書店 ☐ 2. 網路 ☐ 3. 傳真訂購 ☐ 4. 郵局劃撥 ☐ 5. 其他＿＿＿＿

您喜歡閱讀那些類別的書籍？

☐ 1. 財經商業 ☐ 2. 自然科學 ☐ 3. 歷史 ☐ 4. 法律 ☐ 5. 文學

☐ 6. 休閒旅遊 ☐ 7. 小說 ☐ 8. 人物傳記 ☐ 9. 生活、勵志 ☐ 10. 其他

對我們的建議：＿＿＿＿＿＿＿＿＿＿＿＿＿＿＿＿＿＿＿＿

＿＿＿＿＿＿＿＿＿＿＿＿＿＿＿＿＿＿＿＿＿＿＿＿＿＿

＿＿＿＿＿＿＿＿＿＿＿＿＿＿＿＿＿＿＿＿＿＿＿＿＿＿

請於此處用膠水黏貼